INTO THE MAGIC SHOP
スタンフォードの
脳外科医が教わった
人生の扉を開く
最強のマジック
ジェームズ・ドゥティ 著
関美和 訳
A NEUROSURGEON'S
TRUE STORY
OF THE LIFE-CHANGING
MAGIC OF COMPASSION
AND MINDFULNESS

プレジデント社

Into the Magic Shop

by James R. Doty

This edition published by arrangement with Avery,
an imprint of Penguin Publishing Group,
a division of Penguin Random House LLC thorough
Tuttle-Mori Agency, Inc., Tokyo.

ルースへ。
そして彼女のようにその知恵を
惜しみなく他者に与える人々へ

♣

ダライ・ラマ14世法王猊下へ。
あなたに教わった共感の意味を
いまも学び続けています

日々新たな気づきを与えてくれる
妻マーシャと3人の子供たち、
ジェニファー、セバスチャン、アレキサンダーへ

INTO THE MAGIC SHOP ☆

スタンフォードの脳外科医が教わった
人生の扉を開く最強のマジック

目次 contents

Part II

脳の不思議

Part III

心の秘密

はじめに

頭皮を頭蓋骨からはがすときには、独特な音がする。大型のマジックテープを引きはがすときのような音だ。うるさくて荒々しくて、ちょっぴり悲しい音。脳手術のあの音とにおいは、医学部では教わらない。頭蓋骨に穴を開けるための電動ドリルの重み。ドリルで点々と開けた穴と穴の間をつなぐようにノコギリで骨を削るとき、手術室に充満するおがくずのようなにおい。外界から脳を守ってくれている最後の壁、分厚い硬膜から頭蓋骨を持ち上げるときの、しぶしぶといった感じのパカリという音。硬膜を慎重に切開するハサミ。むき出しになった脳は心臓の鼓動と同じリズムで動いている。まるで裸にされて脆さをさらけ出されたことを嘆いているようにも見える。手術室の煌々とした光のもとにその秘密をすべて明かされてしまったみたいに。

オペ室入りを待っている手術着姿のその男の子は、ベッドにのみ込まれてしまいそうなくらいに小さく見える。

「おばあちゃんが僕のために祈ってくれたんだ。先生のためにも祈ったよ」

それを聞いた母親が大きく息をするのが聞こえる。息子のために勇気を振り絞っているのがわかる。彼女自身のためにも。そしておそらく僕のためにも。僕は男の子の髪の毛をなでる。長くてきれいな茶色の髪。男の子というよりまだ赤ちゃんだ。誕生日を迎えたばかりだと教えてくれた。

「チャンピオンくん、今日何をするのか、もう一度説明しようか？　それとも、もう大丈夫かな？」〝チャンピオン〟か〝バディー〟が彼のお気に入りの呼び名だ。

「僕が眠るでしょ。そしたら、先生があのバッチイやつを僕の頭から取り出して、悪さできないようにする。そしたらお母さんとおばあちゃんに会える」

「あのバッチイやつ」とは、子供によくある悪性脳腫瘍の髄芽種で、頭蓋の底の後頭蓋窩と呼ばれる部分に発生するものだ。髄芽種なんて大人にも難しい言葉だし、いくらませていたって4歳の子供にはもっと難しい。小児脳腫瘍はほんとうに〝バッチイ〟やつだ。それは、脳の美しいシンメトリーを台無しにするような、醜いかたちのこの侵入者は、二つの小脳半球の間に発生して大きくなり、そのうち小脳だけでなく脳幹まで圧迫して、最後には脳内に髄液を循環させる通路をふさいでしまう。

　人の脳は僕にとって最高に美しく、その謎を追いかけて、不具合を治すことを仕事にできるなんて本当に恵まれている。

「よし、大丈夫みたいだね。じゃあ、僕はこれからスーパーヒーローのお面をかぶりにいくよ。あの明るい部屋で会おう」

男の子は僕にほほえみかける。手術帽やマスクや手術室と言えば怖がらせてしまう。スーパーヒーローのお面と明るい部屋なら、それほど怖くないだろう。人の心とは不思議なものだ。でも、4歳の男の子にはそんな説明はしない。患者を含め、僕がいままでに出会ったいちばん賢い人の何人かは子供だ。子供は心を開いてくれる。何が怖いか、何が幸せか、僕のどこが好きでどこが嫌いかを教えてくれる。下心がなく、本心を推しはかる必要もない。

僕は、母親と祖母の方を向いた。「チームの担当者が手術の経過をお伝えします。完全摘出になるでしょう。合併症はないと思います」僕はなにも、執刀医として家族を慮ってそう伝えたわけではない。手術では腫瘍全部をきれいに摘出し、組織の一部を検査室に送ってあの「バッチイやつ」がどのくらい「バッチイ」かを調べることになっている。

母親も祖母も当然ながら怯えている。僕は二人が安心して落ち着くように、かわるがわる手を握った。誰だってこんなことはつらいはずだ。少年の朝の頭痛が、どんな両親も恐れるようなひどい悪夢になってしまった。母親は僕を信頼している。祖母は神を信頼している。僕はチームを信頼している。

僕たちはみんなでこの少年の命を救うのだ。

麻酔医が数字を数えて男の子を眠らせたあと、頭に固定器を取り付け、うつ伏せにする。僕が散髪用のハサミを取り出す。手術部位の剃髪は本来なら看護師の仕事だが、僕は自分でやりたい方だ。これは僕のおまじないみたいなもので、ゆっくりと頭を剃りながら、この大切な幼い男の子のことを考え、手術の細かい手順をすべて頭の中で復習する。最初に少しだけ髪の毛を切り、それを看護師に渡して母親のために小さな袋に入れてもらう。その子にとっては初めての散髪だけど、母親はいまそれどころじゃないだろう。でも、いつかきっと大事な出来事として思い出すに違いない。初めての散髪。初めて抜けた歯。初めて学校に行く日。初めての自転車。初めての開頭手術なんて、考えたこともなかったはずだ。

この幼い患者が、そんな初めての経験をこの先も重ねていけることを願いながら、つやつやの明るい茶色の髪をひと房切りとる。僕の頭に、前歯の抜けたその子の笑顔が浮かぶ。自分と同じくらい大きなバックパックを肩にかけて、幼稚園に入っていく彼の姿が見える。初めて自転車に乗って、髪を風になびかせて死ぬほどペダルをこぎ、初めての自由を味わっている彼が見える。そんな初めての経験のすべてがはっきりと目に浮かぶ。そうじゃない結末なんて想像できない。病院通いや腫瘍の治療や手術が待つ未来なんて見たくない。

小児脳腫瘍のサバイバーとして、これからもずっと経過観察が必要にはなるだろうが、これまでの延長のような未来にはさせるものか。気持ちが悪くなって吐いてしまう。倒れる。あの「バッチイやつ」が頭をぎゅうぎゅう締め上げて、朝早くに目が覚めて母親に叫ぶ。それでなくても人生にはつらいことがたくさんあるのに、これ以上苦しみを味わってほしくない。僕はやさしく髪を切り続け、ちょうどいいところでやめる。切開する箇所に二つの点を記し、その間に直線を引く。

脳手術は難しく、後頭蓋となるとなおさらだ。しかも幼い子供の場合にはおそろしく困難になる。今回の腫瘍は大きく、摘出はたまらないほどゆっくりと正確に進められる。顕微鏡をのぞき込み、何時間も一点を見つめ続ける。執刀医として、手術中は自分の身体反応を完全に停止するように僕たちは訓練を受けている。トイレには行かない。何も口にしない。背中が痛くなっても筋肉がつっても無視する。

最初に手術室に入ったときのことはいまも憶えている。優秀だけど手術中にしばしば暴言を吐く傲慢な大物外科医の助手として入ったのだ。手術室で彼の隣に立った僕は、恐れと緊張で、顔から滝のように汗が流れはじめた。マスクの下で激しく呼吸を繰り返していたので、メガネが曇った。器具どころか、手術部位さえも見えなくなった。それまで必死に努力し、たくさんのことを乗り越えて、長いあいだ夢に見た手術にやっとたどりついたというのに、何ひとつ見えなくなってしまった。そして、あってはならないことが起きた。僕の顔から滴り落ちた大粒の汗が、消毒済みの術野に落ちたのだ。指揮をとっていた大物外科医は完全にキレた。最初の手術室の体験は僕の人生の最高の記念になるはずだったのに、僕ときたら手術部位を汚染して、その場で手術室を追い出された。あの経験は忘れられない。

今日の僕は額に汗もないし、視界もはっきりしている。脈はゆっくりと安定している。それは経験のたまものだ、僕は手術室で独裁者のように振る舞うことはない。暴言を吐く大先生でもない。チームの一人ひとりが替えのきかない存在だ。全員がそれぞれの仕事に集中している。麻酔医は血圧と酸素量、意識のレベル、心拍数を見守っている。看護師は手術器具と材料を常にチェックして、必要なものが手に届くようにしてくれる。少年の頭の下には大きな袋がぶら下がっていて、流れ出す血液と髄液を受け止めている。この袋はチューブで大型の吸引器につながっており、いつでも出血量がわかるようになっている。

僕を補佐してくれるのは、このチームに入ったばかりの研修医で、彼は血管と脳組織に目を配り、僕と同じく腫瘍摘出の細かい手順に集中している。明日の予定も、病院の政治も、自分の子供のことも、家庭のいざこざも、何も考えられない。ある種のトランス的な緊張状態というか、瞑想のような集中状態になる。心を鍛えることで、身体も鍛えられる。チームが優秀だと、素晴らしいリズムと流れができる。全員の動きが一致する。みんなの身体と心がひとつになって、同期した知性のように機能する。

僕は、脳底深部の大流出静脈にこびりついた腫瘍の最後の一片を摘出していた。後頭蓋の静脈系はありえないほど複雑に絡み合っていて、僕が腫瘍の残りの最後の一片を慎重に切除するあいだ、助手が血液と髄液を吸引している。その助手がほんのちょっと気を抜いた瞬間、吸引器で静脈が破れ、一瞬ですべてが止まった。

そして、大惨事になった。

破れた静脈から噴き出す血で切除部分の空洞は埋まり、少年の頭の傷から血液がどっと流れだした。血圧が急低下し、失血のペースに追いつけないと麻酔医が怒鳴りはじめる。静脈を縛って止血しなくちゃならないのに、血管は血の海に沈んで見えない。吸引器だけでは血の海をどうすることもできず、助手の手は震えて使いものにならない。

「心肺停止!!」と麻酔医が叫ぶ。少年の頭は固定器にうつ伏せになって後頭部が開いた状態なので、麻酔医が手術台の下に潜り込む。片手を床について自分の体を支えながら、少年の胸を圧迫し、必死に心臓を動かそうとする。太い点滴の管に血液が流れ込む。心臓のいちばん重要な働きは血液を循環させることだが、すべての身体機能を可能にするこの魔法のポンプが止まってしまった。僕の目の前の手術台で、4歳の男の子が失血死しようとしている。麻酔医が胸を押し続けるあいだにも、開頭部に血があふれ続ける。止血しなければ死んでしまう。脳は心臓からの血流の15パーセントを使うため、心肺停止から数分ももたない。脳には血液が必要で、血液中の酸素はさらに必要だ。脳死までもう時間がない。脳と心臓はお互いに頼り合っている。

僕は死にもの狂いで静脈をふさごうとするけれど、血の海の中で血管はまったく見えない。少年の頭は固定されているものの、胸の圧迫が続けられているので微かに動いてしまう。時間切れの可能性が濃厚になってくる。僕を見上げた麻酔医の目の中に恐怖が浮かんでいる。もうダメかもしれない。ＣＰＲ（心肺蘇生術）は、マニュアル自動車をセカンドギアで発進させようとするみたいなものだ。あまり頼りにならないし、失血が続いているときにはなおさらそうだ。僕は手探りの状態だ。そこで理性もスキルも超えた可能性にかけることにする。もう何十年も前に教わったことをやろうと決める。それは、研修医時代や医学部時代よりもずっと前に、カリフォルニアの砂漠の町にあった小さな手品用品店（マジックショップ）の奥の部屋で教わったことだ。

心を落ち着ける。

からだをリラックスさせる。

見えなくなった静脈を思い浮かべる。幼い男の子の脳内にめぐらされた神経血管系統を、心の目で見る。この命には目に見える以上の何かがあり、僕たち一人ひとりに想像を超えるようなすごい力があると信じて、そこに手を伸ばす。人は自分の運命を決めることができる。今日この手術台の上で、4歳の男の子を死なせるわけにはいかない。

開いたクリップを持って血の海の中に手を入れ、クリップを閉じ、ゆっくりと手を引き上げる。出血が止まり、遠くで心臓モニターのピッという音がゆっくりと聞こえてくる。最初はかすかに。途切れ途切れに。そしてしだいに、音は大きくなって安定してくる。命が戻った音だ。

僕の心臓もモニターのリズムに呼応しはじめるのがわかる。

手術のあとで、あの母親に最初の散髪のひと房をあげよう。僕の幼い親友は麻酔から覚めて生き延びるだろう。そして完全に普通になる。2日もすれば話すことも、笑うこともできるようになる。そうしたら、あのバッチイやつはいなくなったよと伝えてあげよう。

Part I

人生の扉を開くマジック

1 消えそうな火を大きな炎に

――1968年、カリフォルニア州ランカスター

〝親指〟がなくなったことに気づいたのは、中学2年が始まる前のある夏の日だった。その頃の僕は自転車で町を走り回る以外にやることがなくて、熱くなった金属のハンドルは、まるでストーブの天板みたいだった。口の中はいつも埃っぽかった。砂漠の日光と熱のもとで生き延びてきた雑草とサボテンみたいに、ざらざらして草っぽい感じがした。家は貧乏で、僕はいつも腹ぺこだった。お腹が減るのはいやだった。貧乏もいやだった。

ランカスターの名物は近くにあるエドワーズ空軍基地で、ここは20年前にチャック・イエーガーが音速を超えた場所だ。パイロットの訓練や航空機の試験飛行で、一日中飛行機が頭の上を飛んでいた。僕は、チャック・イエーガーになって前人未到のマッハ1を超える速さでベルX-1を飛ばすのはどんな気分だろうと考えていた。想像もつかないような速さで4万50

00フィートの上空からランカスターを見下ろしたら、きっとものすごく小さく荒れ果てた町に見えるはずだ。地面から30センチの高さで自転車をこいでいる僕にだって、この町は小さく荒れ果てて見えた。

その朝、僕は親指がなくなっていることに気がついた。僕はベッドの下の木箱にいろんな宝物をしまっていた。いたずら書き、秘密の詩、くだらないトリビアなんかを思いつくままに書き付けた小さなノートもそこに入れていた。たとえば世界で毎日20件の銀行強盗が発生しているとか、カタツムリは3年間も眠っているとか、インディアナ州ではサルにたばこを与えると犯罪になるとか。あと、ぼろぼろになったデール・カーネギーの『人を動かす』もあった。人に好かれるための6原則のページには折り目がついていた。いまでも暗唱できる。

1　誠実な関心を寄せる
2　笑顔を忘れない
3　名前を覚える
4　聞き手にまわる
5　関心のありかを見抜く
6　心から褒める

誰かと話すときにはこのすべてを心がけていたけれど、笑うときはいつも口を閉じていた。小さい頃転んでコーヒーテーブルに上唇をぶつけて、前歯の乳歯が折れ、歪(ゆが)んで黒ずんでいた。でも治すお金はなかった。醜く黒ずんだ歯を見せるのがいやで、僕は口を開けて笑わないようにしていた。

箱にはマジックの種(たね)もしまっていた。印(しるし)のついたトランプ一組、5セントが10セントに変わるからくりコイン。僕のお気に入りは、絹のスカーフでもたばこでも隠せるプラスチックの親指カバーだった。カーネギーの『人を動かす』とマジックの種は、僕の大切な宝物だった。父さんがくれたものだったから。そのニセの親指で、何時間も練習をした。ニセものだとバレないように手を握るやり方、スカーフやたばこをすっと中に入れて突然消す方法など、友だちや近所の人たちなら騙せるようになった。その大事な親指がどこかにいってしまった。消えてしまった。僕は悲しかった。

兄ちゃんが親指を持っていったか、少なくともどこにあるかは知ってるかもしれないと思った。兄ちゃんが毎日どこに出かけているのかは知らなかったけど、自転車で探しにいくことにした。あの親指は僕のいちばん大切な宝物だ。あれがないと僕が僕じゃなくなってしまう。親指を取り返すんだ。

大通り沿いのしょぼくれたショッピングモールに行った。いつもの自転車コースじゃない。お店以外には空き地と草しかなくて、両側に金網フェンスがずっと続いているだけだ。スーパーの前に年上の男の子たちがたむろしていたけれど、兄ちゃんはいなかった。いなくてほっとした。いじめられている兄ちゃんをかばっていつもけんかに巻き込まれていたから。1歳半年上の兄ちゃんは僕より小柄で、いじめっ子たちは弱そうな子を狙い撃ちした。

スーパーの隣は眼科で、その隣には知らない店があった。〈サボテンうさぎのマジックショップ〉。ショッピングモールの前の歩道から駐車場越しに向かいを見た。その店の正面は縦長のガラス板が5枚連なっていて左側にガラスの扉があった。ホコリで曇ったガラスに日の光が反射して、中に人がいるのかどうかは見えなかったけれど、開いていますようにと思いながら入り口まで自転車を押していった。手品用の親指を売ってるかもしれない。いったいいくらするんだろう。お金はないけど、見るだけならいいだろう。店の前の柱に自転車を立てかけて、スーパーの前にいる男の子たちをちらりと見た。僕にも自転車にも気づいていないようだったので、自転車をそこに置いて入り口の扉を押した。最初はびくともしなかったのに、マジシャンが杖をひと振りしたみたいにすっとドアが開いた。入っていくときに頭の上で小さなベルが鳴った。

トランプの箱や魔法の杖やプラスチックカップや金貨がずらりと並んだ長いガラスのカウンターが目に入った。壁沿いにはマジックの舞台で使う重そうな黒い箱が積まれていて、大きな本棚はマジックとイリュージョンの本でいっぱいだった。店の隅には小さなギロチンと緑の箱が2個転がっていた。人間をまっぷたつにするマジックで使う道具だ。ウェーブのかかった茶髪の中年の女の人が、メガネを鼻先まで下げてペーパーバックを読んでいた。本に目を落としたままほほ笑んで、それからメガネを外して顔を上げ、僕の目をまっすぐのぞき込んだ。大人がそんなふうに僕の目を見たのは初めてだった。

「わたしはルース」女の人は言った。

「あなたは?」

大きく笑った深い茶色の目がとてもやさしかったので、僕は思わずニコリと笑い返した。みっともない前歯のことはすっかり忘れて。

「ジムです」

その瞬間まで、僕はミドルネームで「ボブ」と呼ばれていた。どうしてファーストネームの「ジム」ではなく、ミドルネームで呼ばれるようになったのか思い出せない。でも、このとき名前を聞かれてなんとなく「ジム」と答えてしまった。それから一生この名前で通すことになった。

「ジムね。来てくれてうれしいわ」

僕はどう返事していいかわからなかった。その人は僕の目をしばらくのぞき込んで、ため息をついた。それは悲しいため息じゃなくて、うれしいため息みたいだった。

「ご用は何かしら？」

一瞬、どうしてこの店に入ったのか忘れてしまって、頭が真っ白になった。椅子に深く寄りかかっていて、引っくり返る寸前に、とつぜん我に返ったみたいな感じだった。僕の答えが口から出るまで、その女の人はにこにこしながらのんびりと待っていた。

「親指」と僕は言った。

「親指？」

「プラスチックの親指、なくしちゃったんです。ありますか？」

その人は僕を見て、わけがわからないといった感じで肩をすくめた。

「マジック用の。プラスチックのニセ親指だよ」

「じつはね、わたしはマジックのこと何も知らないのよ」

僕はずらりと並んだ手品の小道具やカラクリを見回し、その人に目を戻した。何も知らないだって？

「ここは息子の店なんだけど、いまちょっといないの。息子が用事から帰ってくるまで、ここで本を読みながら店番してるだけ。マジックのことも、親指のトリックも、全然知らないの。ごめんなさいね」

「いいよ。せっかくだからほかのものも見ていく」

「もちろん。どうぞご自由に。探しものが見つかったら教えてね」そう言ってその人は笑った。なぜ笑ったのか僕にはよくわからなかったけど、なぜか幸せな気分になるような素敵な笑いだった。

マジック用のトランプや小道具や本がずらりと並んだ店の中を見て回った。プラスチックの親指でいっぱいのショーケースもあった。店を回っているあいだもその女の人の視線を感じていたけれど、アパートの隣にある店に入るたびにじろじろ見られるのとは違う感じだった。そこの店員は僕が何か盗むに違いないと頭から疑っていて、いつも一挙手一投足を監視されているみたいな気がした。

「ランカスターに住んでるの?」とルースが聞いた。

「うん。でも町の反対側。兄ちゃんを探しに自転車で来て、この店を見つけたから入ることにした」

「マジックは好き?」

「大好き」

「どこが好きなの？」

かっこよくて面白いから、と言いたかったのに、ぜんぜん違う言葉が口から出てきた。

「何かを練習して上手になるのが好きなんだ。自分でコントロールできる感じが好き。トリックが成功するのも失敗するのも僕次第だから。ほかの人が何を言おうが、しようが、考えようが、関係ないから」

女の人がしばらく黙っていたので、僕はいろいろしゃべったことがとたんに恥ずかしくなった。

「わかるわ。親指のトリックを教えてくれる？」

「親指にそのカバーをつけると、お客さんはそれを本物だと思うんだ。よく見たらニセものだってすぐにバレちゃうから、ちょっと隠すのがコツ。カバーの内側は空っぽで、もう一方の手のひらにこんなふうに移せるんだ」。僕はよくある手品の動きを見せた。片手でもう一方の手をつかんで指をその間に滑らせた。「親指カバーをそっともう一方の手に移して、その中に小さな絹のスカーフやたばこを入れてまた同じ動きで親指にカバーをつける。カバーの奥に何かを隠すと、魔法で消えたみたいに見えるし、逆に何もないところから突然出てきたように見せることもできる」

「なるほどね。どのくらい練習してるの？」とルースが言う。

「ここ何カ月か。毎日練習してるんだ。ほんの2、3分のときもあるし、1時間ずっとやってることもある。でも、毎日やる。最初は、教則本を見ながらやってもすごく難しかった。でもどんどん簡単になった。誰でもできるよ」

「いいトリックね。練習してるなんて偉いわ。でもどうしてこれがうまくいくかわかる？」

「どういう意味？」僕は聞いた。

「どうしてみんな騙されちゃうのかってこと。だって、すごくニセものっぽいって言ったじゃない。じゃあなんで騙されるのかしら？」

ルースは急に真剣になった。本当に何か教えてもらいたがっているみたいに。誰かが、とくに大人が僕に何かを説明してくれと頼んだり何かを教えてもらいたがるなんて、これまでになかったことだ。僕はしばらく考えた。

「マジシャンがすごく器用だから、みんなが騙されるんだと思う。手の動きが見えないから。マジックのときは観客の気を散らさないといけない」

ルースは笑った。「気を散らす。そのとおりね。あなた、すごく賢いわ。私の答えを聞きたい？」彼女は僕の返事を待った。大人が僕に何か言っていいかと訊ねるなんて、また不思議な気分になった。

「うん」

「マジックがバレないのは、人が本当にそこにあるものじゃなくて、あるはずのものを見るからじゃないかしら。人の心はおかしなものだから、トリックがうまくいくの。あるだろうと思ってるものしか見ないからよ。親指がそこにあるはずだと思うから、本物に見えてしまうの。脳ってすごく忙しく働いてるみたいだけど案外怠けものなのよ。それに、確かにあなたが言ったみたいに、人ってすぐ気が散っちゃうのね。でも手の動きで注意が逸れるわけじゃない。マジックを見ている観客のほとんどは、本当に見ているわけじゃないの。昨日やったことを悔やんだり、明日起こることを心配したりして、そもそも目の前の手品に集中してないの。だからプラスチックの親指でもわからないのよ」

ルースが何を言っているのかあまりよくわからなかったけど、僕はとりあえずうなずいた。あとで考えよう。彼女の言葉を思い出して、どういうことか理解しなくちゃ。

「誤解しないでね。わたしもマジックは好きなの。でもごまかしたり、トリックを使ったりしないのがいいわ。わかる？」

「ううん。でもそういうのかっこいい」僕は答えた。ずっと話していたかった。これが本物の会話ってやつだ。大物になったみたい。

「火を使ったトリックはやったことある？」

「親指のトリックで火のついたたばこを使うのはあるけど、僕はやったことない。たばこに火をつけないといけないでしょ」

「じゃあ、消えそうな火を、大きな火の玉みたいなすごい炎に変える力があると想像してみて」

「すごいね。どうやるの?」

「それがマジックなの。あるものを使えば、ほんの小さな炎をすごく大きな火の玉に変えることができるの。それは心よ」

意味はわからなかったけど、面白そうだった。催眠術を使うマジックは好きだった。念力を使ったスプーン曲げも。空中浮揚も。

ルースが手を叩いた。

「ジム、わたしあなたのこと気に入ったわ。すごくね」

「ありがとう」そう言われて気分が上がった。

「この町には6週間しかいないけど、毎日会いにきてくれたらマジックを教えてあげる。店じゃ買えないような、何でも欲しいものを出せるマジックよ。本物のね。ニセの親指は使わないし、ごまかしもなし。どう?」

「どうして僕に教えてくれるの?」と聞いた。

「消えそうな火を大きな炎に変えるやり方を知ってるからよ。わたしも教えてもらったから、今度は教える番。あなたには特別なものがあるわ。もし毎日欠かさずに来てくれたら、あなたにもそれがわかる。絶対にね。でも努力しないとできるようにならないし、親指のトリックよりもたくさん練習しないとダメよ。だけど、これからわたしが教えることは、あなたの人生を変えると請け合うわ」

なんて言っていいかわからなかった。僕が特別だなんて、これまで誰も言ってくれなかった。もしルースが僕や家族のことを知っていたら、僕のことを特別だなんて絶対に思わないはずだ。

何もないところからものを出す技を教えてくれるなんていう話を信じるかどうかはともかく、いまみたいな話をもっとしたかった。ルースといると、内側から気持ちがよくなる。ハッピーになれる。なんだか愛されていると感じられる。赤の他人なのに妙だけど。ルースは孫がいたっておかしくないくらいおばあちゃんっぽく見えたけど、目だけは違った。その目が謎と秘密と冒険を約束していた。

その夏、僕を待ち受けている冒険なんてないはずだった。でもルースは人生を変える何かを教えてくれると言う。どういうことだ？　ルースに本当にそんな力があるのかどうかはわからなかったけど、僕に失うものはないことは確かだった。それまでに感じたことのない希望がわいてきた。

「ジム、どう？　本物のマジックを習いたい？」

その質問をきっかけに、僕の人生の道筋と、僕の運命は、ガラリと変わることになった。

2

ものすごい怒りがこみ上げてくるんだ

人間の知性と意識がどこからくるのかは、文明が始まって以来の謎だ。紀元前17世紀のエジプト人は、知性は心臓に宿ると信じていた。死後に崇(あが)められ、ほかの臓器とともに残されるのは心臓だった。古代エジプト人は脳を大事なものだと考えておらず、ミイラをつくるときはいつも鼻腔から棒で脳みそを掻き出していたほどだ。紀元前14世紀になると、アリストテレスは脳が主に血液を冷却する役目を果たしていると信じ、すぐに頭に血がのぼってカッとする獣よりも、(脳の大きな)人間のほうが理性的だと考えた。

脳があまり重要ではないという考え方が覆されるのに、5000年もの歳月がかかった。人間のアイデンティティに脳が中心的な役割を負っていることが理解されはじめたのは、事故や戦争によって頭に外傷を受けた人たちが、思考や機能の不全に陥ったからだ。脳解剖学や脳の働きについてはこれまでにさまざまな発見があったものの、まだ解明できていないことは多い。実際、20世紀のほとんどのあいだ、脳は固定的で不変で動きのないものとされていた。いまでは脳が非常に柔軟で、変化し、順応し、変容するものであることがわかっている。脳は経験と反復と意思によってかたちづくられる。この数十年のものすごい技術進歩のおかげで、細胞レベルでも、遺伝子レベルでも、さらに分子レベルでも脳に変わる力があることがわかってきた。脳の回路そのものを変える能力が僕たちみんなに備わっているなんてすごいことだと思う。

人間の脳が臨機応変に働くこと、専門用語で言うと「神経可塑性」について僕が初めて知ったのは、あのマジックショップでのことだ。ルースがそれを教えてくれた。12歳の僕は神経可塑性なんて言葉は知らなかったけれど、あの6週間でルースは僕の脳の回路を文字どおりつなぎ変えてくれた。当時の誰もが不可能だと思っていたことを、彼女はやってのけた。

僕は毎日マジックショップに通うことを誰にも打ち明けなかったし、僕がどこに行くかなんて聞いてくれる人もいなかった。ランカスターの夏は逃げ場のない灼熱地獄が延々と続いているようで、僕はやるべきことが別にあるはずなのに、何もすることがないような、いつも落ち着かない気分だった。アパートの周りには荒れた土地と回転草のほかに何もない。ときどき廃車と古い機械が捨てられているだけだ。誰からも求められず、誰の役にも立たないものが、誰も気づかない場所に置きっぱなしにされていた。

子供は――といっても大人もそうだけど――安定と安心が確保されている環境でいちばん能力を発揮する。人間の脳は、喉から手が出るほど、そのどちらも欲しがっている。僕の家にはそのどちらもなかった。食事の時間も決まってなかったし、朝起きて学校に行くための目覚まし時計もなかったし、寝なさいと言う人もいなかった。母さんは鬱病を患っていた。具合が少しよくなって起き上がれるときには食事をつくってくれたりもした。それも食べ物が家にあればの話だ。何もないときはお腹を空かせたまま寝るか、友だちの家に行って、運よく夕食にありつけることを祈った。

ほとんどの友だちと違って、僕の家に門限がなかったのはラッキーだった。家にはできるだけ帰りたくなかった。早く家に帰るとだいたいけんかの最中だったり、何か事件が起きていたりして、そんなときほかの場所にいられたらいいのに、別の人になれたらいいのにと思った。何でもいいから誰かに話しかけてほしいと思うこともあった。話しかけてもらえるってことは、僕が大切だってことだから。大切じゃないどころか、誰にも僕が見えていないんじゃないかと思うこともあった。周りの人の苦しみが深すぎて、僕の存在なんてかき消されてしまうかのようだった。

でも僕は、誰にも邪魔されないからラッキーだってふりをしていた。宿題をしろとも、朝起きて学校に行けとも、何を着なさいとも言われない。でも、僕は自分に嘘をついていただけだ。ティーンエイジャーは何よりも自由を欲しがるものだけれど、それは安定と安心という土台があってのことだ。

ルースに10時に店に来るように言われて、初日は誕生日とクリスマスの朝が一緒にやってきたような気持ちで、早くに目が覚めた。前の晩はなかなか寝つけなかった。ルースが何を教えてくれるのか予想もつかなかったけど、そんなことはかまわなかった。もっと話したかったし、行くところがあるのはいい気分だった。重要な人物になった気がした。

その朝、白いバナナ形をしたシートの付いたオレンジ色のスティングレーの自転車で店に乗りつけると、窓越しにルースが見えた。その自転車は僕の持ち物のなかでいちばん高価で、しかも自分のお金で買ったものだったから、よく憶えている。長い夏休みのあいだ、暑いさなかにたくさん芝を刈って稼いだお金だ。自転車をとめるとき、ルースが肩まである髪が顔にかからないようにしている大きな青いヘアバンドが見えた。首にはメガネのチェーンがかかっていた。ワンピースは中学の美術の授業のときに着るぶかぶかのスモックにそっくりだった。その朝のランカスターの空の色とまったく同じ。真っ青の地に白い横縞が入っている。朝起きると真っ先に窓の外を見るのが僕の日課だった。あの青空を見ると、いつもなぜか希望がわいた。

ルースはにっこりと笑い、僕も笑い返した。でも、心臓はどきどきと波打っていた。自転車を飛ばしてきたせいもあったけれど、これから何が起きるのかわからなかったからだ。それに、なぜこんなことになっちゃったのかもわからなかった。おととい は、ルースにマジックを習うのはすごく素敵なことに思えたし、今朝も、乾いた草が球になって転がっている果てしない荒地を自転車で飛ばしながら、悪い気分じゃなかった。少なくとも、行くあてもないのにどこかに行きつくことを期待しているようないつもよりマシだった。でも実際にルースを目の前にすると一瞬、気持ちが揺らいだ。

いったい何が待ちうけているんだろう? ルースが教えてくれるマジックを覚えられなかったらどうしよう? 僕の家族のことをルースが知ったらどう思うだろう? 彼女は頭がおかしくて、僕をさらって砂漠の真ん中に連れていって、僕の死体で黒魔術なんかしようとしていたら? 前にモノクロの『ブードゥーウーマン』というモンスター映画を見たことを思い出して、ルースが僕を怪獣に変えて意のままに操り、世界征服を目論む狂った魔女だったらどうしようと、とつぜん不安になった。

腕の力が抜けた。ドアを半分開けたところで、急に重く感じられた。まるでドアが僕に逆らっているみたいだった。横倒しに置いた自転車を見て、ほとんど空っぽの駐車場に目をやった。こんなところで何をやってるんだろう？　なんで来るなんて言っちゃったんだろう？

いまなら自転車でとっとと逃げられるし、もう帰ってこなければいい。

ルースは笑って僕の名前を呼んだ。「ジム、よく来たわね。来ないんじゃないかと思って心配したわ」

そう言っておばあちゃんっぽくうなずきながら、手招きをした。心がポカポカあたたかくなった。僕を殺そうとしているような狂った魔女には見えない。

僕はドアを最後まで押した。今度は簡単に開いた。

「誰かに追いかけられてるみたいに自転車をこいでいたわね」僕が入っていくとルースが言った。そういえばよく追いかけられているような気がしていたけど、誰に追いかけられているのかはわからなかった。

急に恥ずかしくなって顔が火照（ほて）った。僕の不安や疑いがルースには見えたのかも。もしかしたらレントゲンみたいにぜんぶ透けて見えるのかも。僕は自分の古い運動靴を見下ろした。右足の先に小さな穴が開いている。恥ずかしかった。見えないようにつま先を曲げた。

「息子のニールよ。マジシャンなの」

ルースは僕の靴の穴に気が付いていたかもしれないけど、そんなそぶりは見せなかった。

ニールはまるでマジシャンらしくなかった。大きな黒縁メガネをかけて、髪はルースと同じ色合いの茶色だった。シルクハットも、マントも、ヒゲもない普通の人だった。

「マジックが好きなんだってね」低くてゆっくりとした声。ガラスのカウンターに50組のトランプらしきものが積み上がっていた。

「うん、面白いから」

「トランプのトリックはやったことある？」ニールは一組を手に取ってシャッフルしはじめた。トランプが右手から左手に、前から後ろに、後ろから前に、空中を飛んでいるように見えた。あの技を習いたい。ニールは手を止めて、そのトランプを僕の目の前で扇形に広げて見せた。

「1枚抜いて」

僕はトランプを見つめた。1枚だけちょっと突き出ているのがある。きっとあれを取らせたいんだと思って、右端の違うカードを抜いた。

「そのカードはこっちに見せないで、胸の前で持ってよく見てね」

後ろに鏡があったときのために、胸の近くにカードを引き寄せて、見下ろした。スペードのクイーンだ。

「じゃあそれを、僕に見えないようにこの中に戻して、君にシャッフルしてもらおう。好きなように混ぜていいよ。どうぞ」

ニールは一組全部を手渡してくれて、僕はシャッフルした。彼みたいにはできなかったけど、なんとかトランプを両手に持って、結構上手にシャッフルした。

「もう一度混ぜて」

今度は少し上達した。前よりもバシっときれいにトランプがまとまった。

「じゃあ3回目」

僕は二つに分けたのトランプをそれぞれ指で押して弓なりにして、歯車がかみ合うみたいに一体にした。そしてそのトランプをニールに返した。

「うまいね」

ニールはカードの表が上になるように1枚ずつめくりはじめた。ときどきカードを手に取って、「これは違う」とつぶやく。やっとスペードのクイーンが出た。

「これだ。君のカードだね」見せびらかすようにカードをひらひらさせて、僕の前のカウンターに表を向けて置いた。

「すごい」僕は笑顔でそう言いながら、どうしてわかったんだろうと考えていた。そのカードを手に取って、裏返してみた。折り目がないかと四隅を調べた。何もなかった。

「これ、誰だか知ってるかい？　スペードのクイーンのモデル」

歴史の授業で聞いた女王の名前を思い出そうとした。思い出せたのはひとりだけ。

「エリザベス女王？」

ニールはにっこりした。

「もしこれがイギリス製のトランプなら、そうかもしれないね。でもこれはフランス製で、フランスのトランプではクイーンはみんな歴史か神話の女性がモデルになってるんだ。ハートとダイヤのクイーンはユディトとラケル。どちらも聖書の登場人物だ。クラブのクイーンはアルジーヌ。僕も聞いたことのない女性だけど、レジーナの綴り変えで、ラテン語の『女王』って意味らしい。君が選んだスペードのクイーンは、ギリシャ神話に出てくるアテナ。知恵の女神で、英雄たちの守り神なんだ。大きな挑戦をするなら、アテナを味方につけるべきだね」

「どうしてあれが僕のカードだってわかったの？」

「マジシャンは絶対に種を明かしちゃいけないってことは知ってると思うけど、せっかく習いにきたんだから秘密を教えてあげよう」

ニールはそのカードを裏返した。

「この一組（デック）には印がついてるんだ。トランプ手品でいちばんよく使われるバイスクル・トランプと一見変わらないようだけど、下の方にある花模様みたいなのをよく見ると、芯の周りに花びらが８枚ある。花びらが２から９の数を表していて、芯が10。それから、横の方にある4つの渦巻きのようなものがスート、つまり♠♥♦♣のマークを表してる」花の横にある模様を指さした。

「花びらにうっすらと色をつけるか、ジャックとクイーンとキングの場合は花びらと中心の両方に色をつける。色のついていないカードはエース。それから渦巻きにも印をつける。君のカードを見たらわかるよ。中心とここの花びらに色がついているから、クイーンだ。こっちはスペードに印がついてる」

僕はトランプをしげしげと見た。色はうっすらとついていて、言われなければ絶対に気づかなかった。

「ちょっと勉強が必要だけど、いったん覚えたらすぐに読めるよ」

ほかのデックも全部カウンターに広げてみた。

「ぜんぶに印がついてるの？」

「いや。みんな違う種類の仕掛けがあるんだ。ストリッパーデック。スベンガリーデック。ギャフデック。フォーシングデック。ブレインウェイブデックなんてのもある。ぜんぶ僕がつくってる。カードが僕の専門なんだ」

ギャフデックは聞いたことがあった。ダイヤの「13」があったり、スペードのキングが死んでいたり、観客が抜いたのとまったく同じカードを手に持っているジョーカーがいたりする仕掛けトランプだ。でもそれしか知らなかった。ほかの名前はみんなすごく謎めいていた。ストリッパーデックにブレインウェイブデックだって？　どんなものか想像もつかなかったけど、知らないなんて言いたくなかった。

「第二次世界大戦中につくられた特殊なトランプがあって、ドイツに捕らわれていた戦争捕虜に送られたのを知ってるかい？　1枚ずつ引きはがせるようになっていて、中に地図の一片が隠されていたんだ。すべてつなげると、収容所からの秘密の脱出ルートがわかるようになっていた。すごいトリックだろ」

ニールはスペードのクイーンをデックに戻して僕に手渡した。

「あげるよ。プレゼントだ」

僕はそのデックを受け取った。タダでものをくれる人なんていなかった。

「ありがとう」と僕は言った。「本当にありがとう」

絶対にカードの印をぜんぶ覚えようと心に決めた。

「母が君に本物のかっこいいマジックを教えるって言ってたよ」

どう返事をしていいかわからないまま、僕はあやふやに笑った。

「母のマジックは、ここで買えるような手品とはぜんぜん違うんだ」

ニールは店の中を見回すように手を動かした。

「母のマジックを覚えたら、欲しいものが何でも手に入るようになる。魔法のランプをこすると出てくる魔人みたいなものだけど、君の頭の中の魔人に出会わせてくれるんだ。ただし、どんな願いごとをするかには気をつけて」

「願いごとは三つだけ？」

「いくつでも。でもすごく練習しないとできないよ。トランプのマジックより断然難しいけど、そんなに難しく見えない。僕はすごく時間がかかった。母の言うことすべてにすごく集中しなくちゃいけないよ。近道はないんだ。言われたことにそのまま一つひとつ従わないといけない」

僕はうなずいて、あの印のついたトランプをポケットに入れた。

「母が奥の部屋に連れていってくれる。小さな事務室があるんだ。いいかい、言われたことはすべてやるんだよ」ルースの方に目をやって笑った。

ルースはニールの腕を撫でて、僕を見た。

「さあジム、いらっしゃい。始めましょう」

ルースは店の後ろの壁にあるドアの方に歩いていき、僕は何をするのかまったくわからないまま、後についていった。

奥の部屋は薄暗くてちょっとカビ臭かった。窓はなく、古びた茶色の机とメタルの椅子が二つだけ。毛羽立った茶色のカーペットが部屋の真ん中に置いてあって、茶色い雑草が壁に囲まれてるみたいだった。どこにもマジックの種はない。魔法の杖も、プラスチックカップも、トランプも、帽子もなかった。

「座って」

ルースは片方の椅子に座って、僕はもう一方に座った。面と向かうと、膝がくっつきそうだった。緊張するといつもそうだけど、右足に貧乏ゆすりが出た。ドアに背を向けていたけれど、逃げ出さなきゃならなくなったらどこにドアがあるかはわかっていた。外に飛び出て自転車に乗るまでにどのくらいかかるかを頭の中で計算した。

「ここに戻ってきてくれてうれしいわ」ルースがほほ笑んだので、僕は少しだけ緊張がおさまった。

「大丈夫？」

「うん」

「いま、どんな感じ？」

「わからない」

「緊張してる？」

「ぜんぜん」

嘘をついた。

ルースは僕の右膝に手を置いて下に押した。すぐに貧乏ゆすりが止まった。もっとあやしいことになったら走って逃げようと身構えた。ルースは膝から手を離した。

「緊張してるみたいね。膝が震えてたわ」

「何を教えてくれるんだろうと思って」

「これから教えるマジックはお店では買えないの。このマジックは、何百年も、おそらく何千年も昔からあって、誰かに教えてもらわないと覚えられないものなの」

僕はうなずいた。

「でも、まずはあなたにお願いがあるの」

秘密のマジックを習うためならなんでも差し出すつもりだったけど、僕の持ち物といえば自転車のほかにはほとんどなかった。

「どんなお願い？」とルースに聞いた。

「この夏にわたしから教わったことを、いつか誰かに教えると約束して。そして、その人にもまた、誰かに教えると約束してもらいたいの。その次の人にも。できる？」

誰に教えたらいいのかぜんぜん思いつかなかったし、そもそも僕が誰かに教えられるかどうかもわからなかった。でも、ルースは僕をじっと見つめて答えを待っていたし、正しい答えはひとつしかないこともわかっていた。

「約束する」

教える人が見つかりますように、と人さし指と中指を重ねてグッドラックのしぐさを背中でしようと思ったけど、ボーイスカウトみたいに3本指を立てることにした。これで正式な誓いになる。

「目を閉じて。風になびく葉っぱになったと思って」

僕は目を開けてしかめっ面をした。僕は年のわりにかなり背が高かったけど、体重は50キロちょっとしかなかった。風になびく葉っぱじゃなくて、地面から突き出た細い枝って感じだ。

「目を閉じて」ルースはやさしくそう言ってうなずいた。

僕はもう一度目を閉じて風になびく葉っぱを思い浮かべようとした。僕を葉っぱだと思い込ませる催眠術かもしれない。昔、舞台で催眠術を見たことがあって、マジシャンがステージに上げた観客をいろいろな家畜だと思い込ませていた。そして観客同士にけんかをさせていた。笑いがこみ上げてきて、僕は目を開けた。

ルースは正面の椅子にまっすぐ座って、ふとももの上に手をのせていた。小さなため息をついた。

「ジム、最初に覚えなくちゃならないトリックは、全身のすべての筋肉をリラックスさせることよ。見かけほど簡単じゃないの」

これまでにリラックスしたことなんてあったかな。いつも走ったり闘ったりできるように身構えていたような気がする。僕がまた目を開けると、ルースは首を右にかしげて僕の目をのぞき込んだ。

「わたしはあなたを傷つけたりしないわ。助けようとしてるの。信じてくれる？」

その問いについて、僕は考えた。いままでの人生で誰かを信じたことがあったかわからないし、とりわけ大人を信じたことはなかったような気がする。でも、信じてほしいと言ってくれる人もいなかったから、そう聞かれてうれしかった。僕はルースを信じたかった。ルースが教えてくれることを覚えたかったけれど、このすべてがなんだか奇妙だった。

「どうして？」と聞いた。

「どうして僕を助けてくれるの？」

「会った瞬間に、あなたにその力があるってわかったからよ。わたしにはわかるの。あなたにもそれがわかるように教えてあげたいの」

その力が何なのか、どうして僕にその力があるというのかわからなかった。１９６８年の夏の日にあのマジックショップにふらりと入っていったのが僕でなくても、ルースはそう言っただろう。でも、そのときはそんなことまだ知らなかった。

「わかった。信じるよ」

「よかった。それが始まりよ。じゃあ、からだに集中して。どんな感じ？」

「わからない」

「自転車に乗ってると思って。すごく速く自転車をこいでるとき、どんな感じがする？」

「たぶん、すごく気持ちいい」

「いま、心臓はどうなってる？」

「ドキドキしてる」そう言ってニコリとした。

「ゆっくり、それとも速く？」

「速く」

「いいわ。手はどんな感じ？」

下を見ると、手で椅子のはしっこを握りしめていたことに気がついた。手を緩めた。

「リラックスしてる」

「そう。息は？　深い、それとも浅い？」

ルースは深く息を吸い込んで吐いた。「こんな感じ？　それともこっち？」

息切れした犬みたいに、ハアハアと息をしはじめた。

「その中間ぐらいかな」

「緊張してる？」

「ううん」

嘘だ。

「また貧乏ゆすりがはじまったわ」

「ちょっと緊張してるかも」

「あなたの内側で起きていることはすべてからだに表れるの。本当にすごいのよ。どんな感じかって聞かれて、わからなかったり言いたくなかったりするとき、わからないって答えるでしょう。でもからだはいつもどんな感じかを知ってるの。怖いとき。幸せなとき。ワクワクしてるとき。緊張してるとき。怒ってるとき。うらやましいとき。悲しいとき。心は知らないと言っても、からだに聞けば教えてくれるわ。からだが考えるっていうのかしら。反応するの。答えてくれるのよ。からだが状況に正しく反応することもあるし、間違うこともある。わかる？」

僕にはそれが本当だってことがピンときた。家に帰ると、玄関を入った瞬間に母さんの気分がわかる。母さんが何も言わなくてもわかる。お腹のあたりに感じるんだ。

僕は肩をすくめた。ルースの言葉を理解しようとした。

「すごく悲しかったり、怒ったりすることある?」

「ときどき」僕はいつも怒っていたけど、そう言いたくなかった。

「怒ったり、怖かったりしたときのことを教えてちょうだい。それを話すときにからだがどう感じるか教えてね」

ドキドキしてきた。なんて言っていいかわからなかった。カトリックの学校で修道女（シスター）にひっぱたかれて、カッとして叩き返したことを話すべきかな? それとも木曜の夜に父さんがまた酔っぱらって帰ってきたこと? 母さんを病院に連れていったときに医者に言われたことで、怒って殴りかかりたくなったり、恥ずかしくて穴に逃げ込みたくなったり、その両方の気持ちになったこと?

「ジム、いますごく考えているでしょう。あなたの頭にあることが聞こえてきそうなくらいよ。でも話してくれないとわからないの。いまこの瞬間に何を考えているか教えて」

「話したくないことをいっぱい考えてる」

ルースはにっこりした。「いいのよ。間違ったことなんてないの。あなたが感じていることなんだから。感じることに、正しいとか間違ってるなんてない。ただそう感じるってだけだから」

その言葉は信じられなかった。僕は自分の感情や怒りや悲しみがすごく恥ずかしくて、押しつぶされそうだった。そこから逃げ出したくなった。

「貧乏ゆすりが激しくなってきたわ」ルースは言った。

「三つ数えたら、話しはじめて。考えちゃだめよ、わかった？　数えるわよ。いい？」

頭に浮かんだいろんな考えや想いを必死に打ち消して、何か恥ずかしくない話を探した。ルースに嫌われたくない。

「1……」

もしルースが信心深いカトリックで、僕がシスターをひっぱたいて退学になって、お姉さん夫婦のところに送られて、そこの学校でもけんかして退学になったと聞いたら、ひどい子供だと思うんじゃないか？　そんな乱暴な子にはもう会いたくないって思われたらどうしよう？

「2……」

酔っぱらって車をぶつけた父にどれだけ僕が怒っているかを話したら？　フロントのところがぜんぶへこんでバンパーを紐でくくりつけたまま乗ってるなんて言ったらどう思われるだろう？　まるで車を修理するお金もないほど貧乏ですって宣伝してるみたいじゃないか。悪い息子だって思われるかな？

「3……さあ、話して」

「父さんが酒飲みなんだ。毎日じゃないけど、すごくたくさん飲む。飲みにいって何週間も帰らないこともあるし、生活保護以外にぜんぜんお金がなくて、それじゃ足りなくなる。酔っぱらってないときは、家の中でみんなが父さんを怒らせないようにびくびくしてるんだ。家で飲んでるときは怒鳴ったり、ののしったり、ものを壊したりして、母さんが泣きだす。そうなると兄ちゃんはどこかに行って、僕は自分の部屋にこもるけど、すごくひどいことになって何かしなくちゃいけないときのためにずっと聞き耳を立ててる。母さんが心配だから。母さんは病気でいつも寝てるし、父さんが酔っぱらったあとはますます具合が悪くなって、けんかになる。父さんが家にいると母さんは怒鳴ってて、父さんがいなくなると何もしゃべらない。ずっと寝てて、食べないし、何もしないんだ。僕はどうしたらいいかわからない」

「続けて、ジム」ルースは真剣に聞いていた。僕の話を本心から聞きたがってるみたいだった。びっくりしてるようには見えなかった。わかるわって感じのやさしい笑顔を浮かべていた。変な話だなんて思っていないようだったし、少なくとも僕たちが貧乏すぎて汚らしいとも思っていないみたいだった。「続けて」と励ますように言った。

「学校から帰ったら、すごくしーんとしてたことがあった。なんか変な感じの静かさで。母さんの部屋に行くと、母さんは寝てたんだ。たくさん薬を飲んでた。気持ちを落ち着かせるための薬だったけど、飲みすぎた。隣の家に走っていって、病院に連れていってくれるように頼んだ。前にもこんな感じで病院に行かなきゃならなかった。母さんはね、あの、前にもやっちゃってたんだ。病院で母さんが寝ている横に付き添っていたら、カーテンの向こうの話し声が聞こえた。母さんのせいでたくさん書類を書かなくちゃいけないって男の人が怒ってて、あんなやつらのために時間を無駄にするのはうんざりだって言ってた。そしたら女の人が笑って、『これが最後かもね』とかなんとか言ったんだ。僕は何も言えなくて、二人は一緒に笑ってて、すごく悔しくてカーテンを引っぱがして叫びたかった。病院の人なんだから、そんなこと言っちゃだめでしょ。母さんにも腹が立った。なんでこんなことしなくちゃならないのかわからなかったから。こんなの間違ってるし、恥ずかしいし、母さんをこんなに怒らせて悲しませてる父さんにも腹が立った。父さんにも母さんにも病院のみんなにも怒ってる。ときどき、ものすごい怒りがこみ上げてくるんだ」

　そこで話をやめると、どうしていいのかわからなくなった。ルースは僕の前に座って、僕は運動靴の穴をじっと見つめた。

「ジム」ルースがやさしく名前を呼んだ。

「いまこの瞬間にからだはどう感じてるかな？」

　僕は肩をすくめた。家族のことを知ったルースが僕のことをどう思ってるだろうと考えていた。

「お腹はどう?」

「ちょっと気持ち悪い」

「胸はどう?」

「ギュッてなってる。少し痛い」

「頭は?」

「ガンガンする」

「目は?」

なぜだかわからないけど、そう聞かれた瞬間に目を閉じて泣きたくなった。泣くつもりじゃなかった。泣きたくなかったけど、どうしようもなかった。頬に涙が流れた。

「目がちょっとチクチクするみたい」

「ご両親のことを話してくれてありがとう。何も考えずに、口から出ることをそのまま話したほうがいいこともあるの」

「そう言うのは簡単だけど……」

ルースと僕は一緒に笑って、僕はその一瞬で気持ちが少し軽くなった。

「胸がもうあんまりつかえてない」

「よかった。いいことよ。からだの筋肉をすべてリラックスさせる方法を教えてあげるから、毎日1時間練習してね。毎朝ここで練習することをぜんぶおうちで夜、練習するのよ。宿題みたいなものね。リラックスって簡単に聞こえるけど、じつはものすごく難しいことなの。たくさん練習しなくちゃできないの」

それでもまだ僕はリラックスしたことがあったかどうか思い出せなかった。疲れたことはあったけど、リラックスしたことなんて思い出せない。その意味さえよくわからなかった。

楽に椅子に座って目を閉じるようにルースは言った。もう一度、風に舞う葉っぱになった自分を想像してみてと言った。街をくるくると舞い上がる葉っぱを思い浮かべると、なんだかいい気分だった。椅子の中の自分が少し軽くなった気がした。

「だらっとしちゃだめよ。リラックスしながらでも筋肉を使ってちゃんと目を覚ましていないといけないの。深く息を吸って、吐いてみて。3回よ。鼻から息を吸って、口からフーっと出す」

僕はできるだけ深く呼吸した。3回。

「今度はつま先に意識を向けて。頭の中でつま先のことを考えるの。つま先を感じて。少し動かしてみて。靴の中で丸めてから伸ばして。深く息を吸って、もう一度ゆっくり吐き出してみて。つま先に意識を向けて呼吸を続けて。つま先がだんだん重くなるのを感じて」

何度か深く呼吸しながら、つま先に集中しようとした。簡単そうだと思ったけど、難しかった。靴の中で少しつま先をもぞもぞさせていると、新学期が始まる前に新しい靴が買えるだろうかという考えが浮かんで、でもお金がないなとか思っているうちにつま先のことをまったく忘れていた。

僕がつま先以外のことを考えはじめると、ルースにはすぐにわかるようだった。別のことに意識がいくといつも、その瞬間にルースが深く息をするように言うからだ。どのくらいの時間呼吸をしながらつま先のことを考えてたのかわからないけれど、ひどく長い時間に思えた。

「今度は深く息をして、足に集中してみて」

お腹が空いてきた。それに退屈してきた。僕の足がマジックとどう関係があるんだ？　そろそろ昼時だった。僕を飢え死にさせるつもりかもしれない。ルースには僕の心が読めていて、集中が途切れる瞬間にいつも声をかけてきた。

「足に意識を戻すのよ」

僕は足首を回して、大きくてバカバカしくてひもじい思いをしている自分の足のことを考えた。

「今度は足首のことを考えて。それから膝。ふとももを緩めて。足が重くなって椅子の中に沈んでいくように感じて」

世界一太った人になった自分を想像すると、椅子ごとすごく重くなって、毛羽立ったカーペットの中に沈み込んで地球の裏側まで行ってしまいそうに感じた。

「お腹の筋肉を緩めて。引き締めてまた緩めるの」そのとおりにしてみると、ルースにも聞こえるほど大きな音でお腹がぐうと鳴った。

「次は胸。深く息を吸って吐いて胸を緩めて。心臓の音を感じて、その周りの筋肉を緩めるの。心臓は身体に血と酸素を送り出す筋肉よ。ほかの筋肉みたいに緩めることができるの」

心臓を緩めたらからだが動かなくなるんじゃないかと思った。そんなことになったらどうしよう?

「胸の中心に意識を集中して。胸の筋肉がリラックスするのを感じて。深く息を吸って、さらに筋肉を緩めながら心臓の鼓動を感じるの。そしたら息を吐いて、もう一度胸の筋肉を緩めることに集中してみて」

その練習をしているうちに、もう心臓がドキドキしていないことに気がついた。

その後、僕は医学部で心臓について勉強することになる。心臓は迷走神経を通じて延髄という脳幹の一部とつながっていることを知った。迷走神経には二つの部分があることや、リラックスして呼吸をゆっくりすることで迷走神経を活性化させると、副交感神経系が刺激されて心拍数や血圧が下がることも知った。また迷走神経が緊張すると交感神経が刺激されて、たとえば怖いときや驚いたときにドキドキするのはそのせいだとわかった。でも、あの日マジックショップで僕が理解したのは、ルースがリラックスのし方と呼吸のし方を教えてくれると、少し気分がよくなってちょっぴり落ち着くということだけだった。神経系なんて知らなかったし、脳と心臓が数えきれない方法で交信し合ってることも知らなかった。脳と心臓は何も教えてもらわなくてもきちんと動いていた。僕が脳から心臓に信号を送ると、僕の心臓はそれに応えていた。

「今度は肩をリラックスさせて。次に首。顎。舌を口の底に落として。目と額を緊張させてから緩めるのを感じて。すべてを、からだ中の全部の筋肉を……ただ……緩めるの」

ルースはそれからしばらく何も言わなかった。永遠みたいに感じた。僕はそこに座ってリラックスしようとがんばって、息をゆっくり吸って吐いていた。そわそわしないようにした。ルースが深く息を吸って、それをフーッと出しているのが聞こえて、僕も同じようにしなくちゃいけないと思った。呼吸に意識を集中すると、逆に息をするのが難しくなる。一度か二度、薄目を開けてのぞき見したら、ルースは目を閉じて僕とまったく同じ姿勢で座っていた。やっとルースが口を開いた。

「オーケー。ここまでよ。目を開けて」

僕は目を開けて背中を伸ばした。からだがいつもと違うように感じられて少し変だった。

「終わり。お腹が空いたでしょう」

ルースは引き出しを開けて、チョコレートチップクッキーの袋を取り出した。「好きなだけどうぞ」片手いっぱいにつかんだ。僕の好物だ。ルースはメガネの縁越しに僕を見て言った。

「順調よ」

何が順調なのか、僕にはよくわからなかった。椅子に1時間もただ座っていることの何がマジックなのかもよくわからなかった。

「ジム、からだをリラックスさせる練習をしてほしいの。とくに、さっき話してくれたみたいな家族の何かがあったときにね。怒ったり悲しかったりしても、リラックスできるようになるわ。いまは無理だと思っても、そのうちに必ず、すぐに完全なリラックス状態に入れるようになるから。これは覚えておくとすごく役に立つトリックなの。信じて」

「わかった。でもどうして?」

「人生にはどうしようもないことがたくさんあるわ。とくに子供のときは、すべてが思いどおりになるなんて考えられないわよね。なんでも変えられるなんてね。でも、からだを思いどおりにできれば、心も思いどおりになるの。たいしたことじゃないように聞こえるかもしれないけど、それがすごく力になるの。すべてが変わるのよ」

「そうなの？」

「そうよ。休まないでいらっしゃい。この夏に学んだことをすべて練習していれば、いつか必ずできるようになるわ」

僕はうなずいたけど、また来るかどうかはわからなかった。これは僕が習いたかったマジックじゃない。

「アイザック・ニュートンって知ってる？」ルースが聞いた。

「科学者の？」

「そう、よく知ってるわね。ニュートンは物理学者で数学者なの。歴史上いちばんすごい科学者かも。いいことを教えてあげるわ。ニュートンはね、そんなに恵まれた人生のスタートじゃなかったの。未熟児で、しかも生まれる3カ月前に父親は亡くなって。彼が3歳のとき母親は再婚したけど、義理の父親とはうまくいかなかった。二人が家にいるとき、家に火をつけると脅かしたこともあったのよ。あなたくらいの年の頃はいつも怒ってたの。ともかく、母親は彼に農業をさせたくて、学校を辞めさせた。父親が農夫で、みんなもニュートンがそうなるものだと思ってた。でもニュートンは農業が大嫌いだった。そのすべてを嫌ってたのよ。それで教師が母親を説得して学校に戻らせたの。学校ではひどいいじめにあった。それでいじめた子を見返してやりたいと思ってニュートンは学校で一番の成績を取った。それから大学に入ったんだけど、学費と食費を稼ぐために学校の用務員として働かなくちゃならなかったの。ほかの学生みたいに恵まれていなかったし、幸運でもなかったし、お金もなかった。それでも世界を変えたのよ」

ニュートンみたいな有名な科学者が両親を憎んでいた？　同級生にいじめられていた？　そんなことまったく知らなかった。

二人にさよならを言って店を出ようとしているとき、ルースが声をかけてきた。「ジム、忘れないでね。今日話したことを練習するのよ」ルースは僕の目をまっすぐに見つめてほほ笑んだ。あたたかい気持ちがからだ中を満たすのを感じながら、僕は自転車をこいで大通りに出た。どうしてからだをリラックスさせる方法を教えてくれているのかわからなかったけど、家で練習して、本当にそれがマジックなのかを確かめようと思った。

いまでは、あの日にルースが教えてくれたことの大部分は、急性ストレスへの脳と身体の反応にかかわるものだとわかる。いわゆる「闘争・逃走反応」というやつだ。脳が脅威を認識したり生存への恐怖を感じたりすると、交換神経という自律神経の一部が活発に動きだしてアドレナリンが放出される。また、視床下部（ししょうかぶ）から分泌されるホルモンが副腎を刺激して、コルチゾールが放出される。12歳のあの頃、僕のコルチゾール放出量が普通より多かったことは間違いない。それが高じると、生き残りに必要でない身体の機能はほとんどすべて停止してしまう。消化は遅くなり、血管は収縮し（大きな筋肉中の血管は肥大する）、聴力は弱まり、視野は狭まり、心拍は速まり、口がカラカラになる。唾液の分泌が抑えられるからだ。

実際に生き残りをかけて闘っている場合にはそのすべてが重要になるが、急性ストレス反応が長く続くと、心と身体にさまざまな負の影響が表れる。怒り、ふさぎ込み、不安、胸の痛み、頭痛、不眠、そして免疫不全。

ストレスホルモンが話題になるずっと前に、ルースは僕に慢性ストレスや脅威への生理的反応を抑える方法を教えてくれていた。いまでは手術室に入るとき、呼吸のペースを落とし、血圧をコントロールし、心拍数を低くとどめることができる。顕微鏡をのぞき込んで脳のもっとも繊細な部分を手術しているとき、僕の手は安定し、身体はリラックスしている。ルースがあの店で教えてくれたマジックのおかげだ。ルースがいなかったら、僕はいまごろ脳神経外科医になっていなかったかもしれない。ルースから習った身体をリラックスさせる方法はあれからずっと役に立っているけれど、それはほんの始まりだった。全身をリラックスさせられるようになるのに、10日かかった。11日目、自転車をこいで店に行き、椅子に座って目を閉じて、ルースが順をおってリラクゼーションを導いてくれるのを待っていた。でも、その日は違った。

「ジム、目を開けて。次はあなたの頭の中のいろんな声をどうにかしましょう」

ルースのマジック

からだを緩める

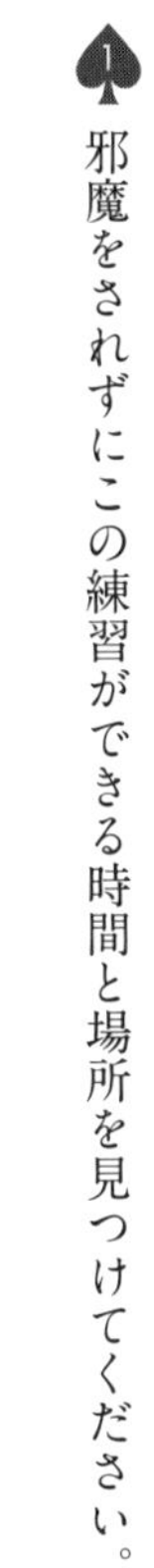

1. 邪魔をされずにこの練習ができる時間と場所を見つけてください。

2. ストレスを感じていたり、ほかのことに気を取られていたり、お酒を飲んでいたり、疲れているときは避けましょう。

3. 始める前に数分座ってただリラックスします。この練習で達成したいことを考えます。あなたの意図をはっきりさせましょう。

4. 目を閉じます。

5. まず鼻から息を吸ってゆっくりと口から息を出し、三度深く呼吸します。この呼吸法に慣れるまで繰り返し、呼吸そのものが集中を乱さないようにしましょう。

この呼吸法に慣れたら、座り方に意識を向け、あなたを見ているあなた自身を頭に思い浮かべましょう。

つま先に意識を向け、リラックスさせます。次に足に意識を向けて、筋肉を緩めます。呼吸を続けるごとに足が溶けていく様子を想像してください。つま先と足だけに集中しましょう。初めは気が散ったり、別のことを考えたりしがちですが、そんなときは、またつま先と足の筋肉を緩めることから始めましょう。

つま先と足をリラックスさせたら、意識をだんだんと上に向けてふくらはぎやふとももをリラックスさせます。

腹筋と胸の筋肉をリラックスさせます。

10

背骨に意識を向け、背骨に沿った筋肉を緩めて肩と首もリラックスさせます。

最後に顔と頭皮の筋肉を緩めましょう。

12 全身の筋肉をリラックスさせ、次第に心が静まっていくのを感じてください。いい気持ちになっていることを感じます。ここまでくると、眠くなったり、本当に眠ってしまうこともあります。でも大丈夫。この状態で、リラックスした気分を保ちながら眠らずにいるには、何度か練習が必要です。焦らず、自分にやさしくしましょう。

13 今度は心臓に意識を向けて、ゆっくりと呼吸しながら心臓の筋肉をリラックスさせます。からだがリラックスして呼吸がゆっくりになるごとに、心拍もゆっくりになることに気づくでしょう。

14 からだが完全にリラックスした状態を思い浮かべ、ゆっくりと呼吸しながら、ただそこにいるあなた自身の存在を感じてください。あたたかさを感じましょう。ふわふわと浮いているような感覚を覚え、平穏が広がってくるのを感じるでしょう。ゆっくりと息を吸い、息を吐き続けましょう。

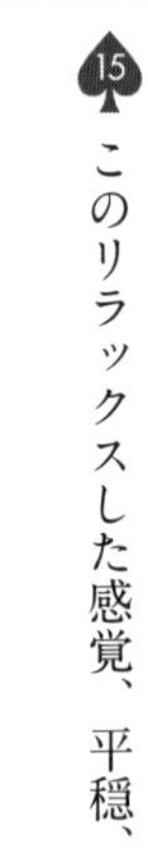

15 このリラックスした感覚、平穏、あたたかさを意識して記憶してください。

16 ゆっくりと目を開けます。目を開けたまま数分間何も考えずに座り続けましょう。

呼吸とリラクゼーションは心を手なずけるための第一歩

3 考えることについて考える

いいマジシャンは次のトリックに移るとき、観客に合図を送る。偉大なマジシャンは、観客が次のトリックに移ったことに気づく前にみんなをくぎ付けにしている。

ルースは偉大なマジシャンだった。

ルースに教わるまで、僕は頭の中の声のことを知らなかった。その声を黙らせておくように言われるまで、それがどんなにうるさいか気づかずにいた。からだをリラックスさせる訓練は大変だった。いつもテレビが鳴っていて、深く呼吸しようものなら、よどんだたばこの煙を吸い込んでしまいそうな狭い部屋ではとくに難しかった。からだをリラックスさせるだけでも難しいのに、頭の中の声を黙らせるなんて不可能に思えた。

ルースの店にはもう10日間も通っていて、いろいろな意味で自分の家よりも居心地がよくなっていた。その静けさと落ち着きが好きだった。最初の数日が過ぎると、ルースが毎日お昼ごはんを持ってくるようになった。マジックの練習が終わって店先に行くと、白いプラスチックのフタ付きの大きな緑のタッパーに入ったカットフルーツやチーズやクラッカー、ときどきナッツなんかを出してくれた。僕が食べたことがあるのは、スナック菓子のコーンナッツくらいだったけど、ルースが持ってきてくれたいろんな珍しいナッツにも挑戦してみた。そのあとはいつも僕の好物のチョコチップクッキーが出てきた。

忙しくないときはニールも僕たちに交じって、話を聞かせてくれたり、新しいマジックの技や、つくりかけの最新のトランプを見せてくれたりした。ニールは口に食べ物をいっぱいに詰め込んだまま話した。僕たち二人組は奇妙な寄せ集めだったけど、すぐに打ち解けた。なんだか家族みたいだった。マジックショップの家族といるとき、僕は誰の世話もしなくてよかったし、1日に2時間は誰にも邪魔されず僕だけに注意を向けてくれる人ができた。僕は何も気にせずしゃべったり冗談を言ったりできた。家では避けている話題もあって、怒りやうっぷんがいつ表に出るかわからなかった。ニールは話を始めるときにいつも老眼鏡をかけ、メガネ越しに僕に笑いかけるのがお決まりだった。

朝鮮半島の非武装中立地帯に駐留していたときの話もしてくれた。ニールと仲間が兵舎で手品ショーをやっていると、司令官がやってきてただちに38度線に行けと命令した。南北朝鮮の軍事境界線だ。二人の仲間と検問所に着くと、軍警察は彼らを通してくれなかった。武器は携帯していたのに、ショーでのシルクハットと燕尾服姿のままだったからだ。この話も、ほかの話も本当なのか、つくり話も入っているのか僕にはわからなかったけれど、みんなで大笑いした。一度笑いだすと止まらなくなった。そんなときの僕は完全に気が緩んで、頭の中の声を追い払うことができた。

ルースは以前オハイオの田舎町で暮らしていて、そこではみんな仲良く、家族や友だちと一緒に長い夏休みを過ごしたと言っていた。ニールが僕を弟子にしてくれて、秘伝のマジックの技をぜんぶ教えてくれるんじゃないかと想像したりもした。僕とニールがピカピカの照明のついた大劇場の看板広告になっている姿さえ妄想していた。いま思うと、三人で過ごす時間が楽しすぎて、それを手放すまいと必死だったのだろう。僕はそんな経験に飢えていた。

僕がルースとニールに感じたつながりは特別で、本物だった。僕は人生の中で何度かそんなつながりを感じたことがある。ときには、エレベーターで見知らぬ人と目が合った瞬間に、説明できないような感情があふれてくることがある。ただの通りすがりではなく、もっと深く知っているような感覚、お互いの人間性を認め、同じ道を歩んでいるという思いを抱くことがある。よく考えると、そんなことが起きるなんて奇跡みたいだ。ホームレスや、逆境にある誰かと目と目でつながったとき、僕には自分をじっと見つめる僕自身の顔が見える。そしてその一瞬、いやもっと長い時間、これまでの人生の痛みを感じ、深い共感とともに、僕をいまの場所に導いてくれたものへの感謝を抱く。すべての人に物語があり、ほとんどの物語は、その核の部分で似たところが多い。つながりには力がある。ふとした出会いが人の人生を永遠に変えることもある。

ルースとの出会いがそうだった。最初の出会いがすべてを変え、僕の人生をまったく別の方向に導いてくれた。ルースは超能力者じゃないけれど、12歳の僕はそう信じたかった。彼女は共感と直感の才能に恵まれた普通の人間で、見返りを求めずに他者を気遣うことのできる人だった。ルースは僕に時間をくれた。関心を注いでくれた。そして、僕がいまだに使い続けているマジックを教えてくれた。こんなことをするのは時間の無駄だと思ったことがないわけじゃないし、教えてもらっても自分には無理だと思ったこともある。ルースの頭がおかしいんじゃないかと本気で考えたこともある。でも、いまの僕は、ルースの教えてくれたテクニックが、いろいろな意味で何世紀も続いてきた東洋の伝統の一部だということを知っている。

いまでは、神経可塑性は脳が本来備えた機能の一部だということが科学的に認められている。脳を鍛えれば集中力や注意力が増し、頭の中の声に邪魔されずに、明快で賢い判断ができるのだ。いまでこそ、そうした脳の仕組みはしだいに解明されてきているものの、ルースの教えを受けていたあの頃は、そんなことは話題になっていなかった。頭の中の声を遮断する方法を教えてあげると言われて、僕にはなんのことだかさっぱりわからなかったけれど、ともかく従うことにした。

「肩をリラックスさせて。首も。顎も。顔の筋肉が緩むのを感じて」とルースは言った。いまの僕はそのやり方をすべてマスターしている。

ルースがいつものようにリラックスした状態に導いてくれると、そのやわらかい声で僕のからだは軽くなり、椅子から浮いて、ニールが見せてくれた手品のカードのみたいに宙を飛びそうだった。

「じゃあ、頭を空っぽにしてみて」

これは新しいやつだ。急に、からだが椅子に沈み込むような気がした。何のこと？　どうやったら頭が空になるんだ？　いろいろな考えが浮かんできた。目を開けるとルースが僕にほほ笑んでいた。

「新しいトリックよ」

「わかった。どうやるの？」

「ちょっとややこしいの。考えることについて考えてしまうから。そうなったらすぐ、何も考えずに、考えることについて考えるのをやめないといけないの」

なんだって？

「ナレーターって知ってる?」

「もちろん。リラックスのトリックを教えてくれてるときのルースみたいな人?」

ルースは二度手を叩いて、少し笑った。

「おうちでリラックスのトリックを練習するときは、どうしてる?」

一瞬考えた。

「ここでやるのと同じようにやってる」

「おうちでは誰が教えてくれる?」

「ルースが、僕の頭の中で」

「でも、頭の中にいるのはわたしじゃないわよね。誰が話してる?」

僕が知るかぎり、頭の中で僕に全身の筋肉をリラックスさせるように教えてくれているのは、ルースの声だった。

「ルースの声だよ」

「でも本当はわたしじゃないの。誰かしら?」

正解っぽいものを探した。

「僕?」

「そう、あなたよ。あなたが頭の中で自分に話しかけてるの。わたしの声に聞こえるのは、あなたがそう望んでるからよ。頭の中のナレーターは物まねがすごく上手なの。誰の物まねでもできるのよ」

「わかった」

「人はみんな、頭の中でずっとこの声がノンストップでしゃべり続けているの。朝起きた瞬間から夜寝るまでずっとね。考えてもみて。ラジオのＤＪが次に何をかけるかをしゃべり続けてるみたいなものよ。一日中絶え間なく曲紹介をしてるわけ」

そのことを考えてみた。僕が聴くのはボスラジオ、トップ40ヒット、ロサンゼルスのＫＨＪＡＭの930だ。人気ＤＪのリアル・ドン・スティールが僕の人生を語っている様子を想像した。

「頭の中のＤＪが何かにつけて一日中ひっきりなしにしゃべり続けてると想像してみて。心のラジオにあまりにも慣れすぎて、それがずっと大音量で流れっぱなしになってることにさえ気がつかないの」

そうなの？　よくわからない。これまで気づかなかった。僕はいつもいろいろ考えていたけれど、考えることについて真剣に考えたことはなかった。

「その頭の中の声は、あなたの人生の一瞬一瞬を、いいとか悪いとか決めつけてるの。その声の言うことに、心は反応する。まるであなたのことを本当に知ってるみたいにね」

ルースはそこのところを力を込めて言った。僕が僕について考えるということに、ショックを受けたり、失礼だと怒ったするのは当然だとでもいわんばかりに。僕の頭はこんがらがった。

「問題は、その反応があなたにとっていいものじゃない場合が多いってこと」

「でも、僕の頭の中に僕がいるんでしょ？　僕のことを知ってるはずじゃない？」

「いいえ。頭の中の声はあなたじゃない。本物のあなたは、そのDJの声を聞いている方の人なの」

僕の中に何人もの人がいるとルースは思ってるらしい。ルースは頭の中でいろいろな声を聞くかもしれないけど、僕の頭の中には僕しかいないし、DJがお天気を教えてくれたり、次の曲を紹介してくれたりはしない。

「これが大事なことなのだけど、頭の中の声を信じちゃだめ。ずっとあなたに話しかけてる声のことよ。間違ってることの方が多いから。今回練習するのは、その音量を下げて、最後にスイッチを切るトリックよ。これを覚えたら、わたしの言ってることがわかるようになるわ」

「やってみるよ」と僕はルースに言った。

「いまDJはなんて言ってる？　いまこの瞬間に、あなたの頭の中でなんて言ってるかしら？」

　僕はいま何を考えていたかを考えた。

「ちんぷんかんぷんで、うまくいかないって言ってる」

　こんな練習、まるでバカバカしいとＤＪは言っていたけれど、ルースには伝えなかった。

　ルースはにっこりした。

「その調子。ほら、いま考えていたことについて考えられたでしょ。これがトリックの最初の部分よ」

　わかったふりをしてうなずいた。

「考えることについて考える練習をしましょう。じゃあ、目を閉じて、またからだを少しリラックスさせましょうね」

　僕は目を閉じてリラクゼーションの順番に従った。１００回はやったはずだ。つま先から始めてだんだん頭の方にのぼっていく。順番に意識を向けながら、すべての筋肉をリラックスさせる。そうすると、あたたかいお湯がゆっくりと溜まっていくお風呂に入っているみたいに、いい気持ちになった。

「呼吸に集中して」ルースが言った。

「吸って、吐いて。呼吸だけを意識するの。呼吸以外のことは考えちゃだめ」

鼻から息を吸い込み、ゆっくりと吐いた。もう一度。何度か呼吸したあと、顔にかゆみを感じて手を上げて掻いていたら、何かが指にあたった。ニキビじゃないといいな。アパートの上の階に越してきたばかりの女の子を好きになった。クリスって名前だ。長い黒髪を腰まで垂らしていた。見かけた日にクリスと話したあと、まぬけだと思われたんじゃないかと心配になった。クリスは感じよく笑ってくれていた。つきあってくれるかな？　急に上唇から突き出たみっともない前歯のことを思い出した。やっぱり無理だ。そんなわけないだろ。ニキビ面に醜い前歯なんて最悪。クリスが僕を見て、振り向いて歩き去ったことを思い出した。僕なんて相手にしてくれるはずがない。

「呼吸に集中して。ＤＪが話しはじめたら、無視して呼吸に意識を戻すのよ」

自分が別のことを考えていたことに気づきもしなかった。呼吸に意識を戻したけど、今度は同じクラスの男の子と遊ぶことを考えはじめた。その子は「いい」場所に住んでいた。父親は建設会社のオーナーで、デカい家に住んでて、親はデカいキャデラックに乗っていた。去年一度夕食に呼んでもらったとき、ごはんをご馳走になって、その子の母親に家はどこ？　お父さまはどんなお仕事をしているの？　と聞かれた。僕はテーブルの下にもぐり込んで消えたくなった。父さんは無職で、酔っぱらって騒ぎを起こして何度も逮捕されていた。その子の母親にそんなことは言えなかったし、言っても困らせただけだったろう。

またやっちゃった。呼吸以外のことを考えてた。難しいな。できないや。5回も呼吸しているとつい別のことを考えてしまう。呼吸を数えようと思ったけれど、もし呼吸を数えていたら何か考えてることになると気がついた。これって無理だ。こんなのできる人がいるのかな？　ルースはできるの？　ルースは何も考えずに何回呼吸できるんだろう？　聞いてみようか？　ルースもマスターするのにすごく時間がかかったのかな？　それとも僕ができないだけ？　だいたい、こんなことになんの意味があるんだろう？　あとからあとからいろんな考えが湧いてきた。

考えを静めようとがんばったけど、からだと違って心はじっとしてくれなかった。僕が考えてないふりをしてたら、ルースはわかるのかな？

「目を開けて」

ルースを見た。大失敗だ。

「すごく難しい。ぜったい無理」

「ジム、できないことなんてないわ」

「これは無理」

「練習が必要なだけよ。1秒だけ何も考えないようにしてみて。次に、何秒間か。それからもう少し長く」

「僕、ほんとにこれ苦手なんだ」

ルースは僕を見つめて少し黙り込んだ。

「みんな最初はそう言うの。やろうと思えばなんでも身に付くわ。これだってそう。まだ知らないだけよ」

とつぜん、自分がダメだと思ったり、みんなと違うと感じたり、手が届かないと思ったりしたときの痛みを感じた。すると目がちくちくしてきた。ルースといると、ときどきそうした想いがこみ上げてきて、顔を伏せて泣きたくなった。

「呼吸から意識が逸れても、いいとか悪いとかじゃないの。そういうものなのよ。それに気が付けばいいの。そしたらまた呼吸に意識を戻せばいいだけ。集中を助けてあげればいいの。それだけよ。誰が手綱を握っているかを示すことが大事なの。何かを考えていることに気づけばいいだけ。それに気づいたら、心があちこちにさまよっていないときをとらえて集中できるようになるわ」

「練習する」

「そうね。そうするしかないの。練習、練習、また練習よ」

「ルースもそうだったの？」

「そうよ」とルースは言った。僕はもう気が晴れていた。

「最初にからだをリラックスさせるの？」

「リラックスが先で、考えを静めて心を落ち着かせるの。そのうちに、ここで教わるトリックがみんなひとつの流れになって、からだと心が同時に落ち着くようになるわ。でもいまは一つひとつね」


その日、家に帰って頭の中のいやなDJを黙らせる技をマスターしようと心に決めた。家に帰ると父さんはまだ出かけていて、母さんは部屋で寝ていた。僕は自分の部屋で静かに座って、ゆっくりと呼吸をしながらDJのスイッチを切ることに集中しようとしたけれど、静かにしていると余計に頭の中の声が大きくなるようだった。父さんがまた飲んだくれていることはわかっていたし、いまにもべろんべろんに酔っぱらって戻ってきそうだった。僕の人生の中でこれまでに何度も繰り返されてきた場面だ。何度も何度も、いつも同じ。父さんが帰ってきて、母さんと大声でけんかして、父さんはこれまでのありとあらゆる問題を母さんのせいにして、絶対に守れない約束をする。いつもそう。

僕が目を閉じて椅子に座っていても、誰も何も言わない。何をしているのかも聞いてくれない。何を考えているのかを聞いてくれる人もいない。僕がどんなふうに感じているかも、絶対に聞かない。僕はルースのマジックを必死に練習していたけれど、父さんが帰らない日が続くうちに、帰ってきたらどうなっちゃうんだろうと心配になった。どんなけんかになるんだろう？　また母さんが薬を飲みすぎちゃったらどうしよう？　考えるのをやめようとしたけどできなかった。警察を呼ぶ？　それとも救急車？　誰に話さなくちゃならない？　兄ちゃんが隠れてることをどう説明すればいい？　父さんは連れていかれるの？

呼吸に集中しようとしたけれど、どんどん悪いことばかりが頭に浮かんだ。どれも、父さんが玄関から家に入ってくる場面から始まった。竜巻が近づいてくるのがわかっているのに、恐怖で固まって走ることも隠れることもできないみたいな感じだった。ときどきそんな夢を見た。すごく怖い夢。口を開けて誰かに大声で知らせたいのに、声が出ない夢。

僕ができなくて苦労しているのを、ルースはわかっているようだった。何日かするとヒントをくれた。

「別のやりかたを試してみましょう」

ルースは買ってきたろうそくに、ちっちゃなマッチで火をつけた。それを机の上に置いた。僕に椅子を移動させ、ろうそくと向き合うようにした。

「ろうそくに集中して。ろうそくの炎よ」

深く呼吸して、ろうそくの炎をじっと見つめるようにとルースは言った。

「ろうそくの炎のことを考えるの。心がどこかに行ったら、ろうそくの炎に集中し直すの」

目を開けて心を静めるほうが、僕にはある意味で簡単だった。目を閉じるとすべてが暗くなって、心配が噴き出してきた。暗いところでは気が紛れるものがなく、いろいろな恐れがすべて表に出て、止まらなくなるようだった。またいつこの家を追い出されちゃうんだろう？父さんはどうしてお酒を飲むんだろう？　母さんの病気はいつかよくなるのかな？　いつお金が入ってくるんだろう？　なんで僕は家族をまともにできないんだろう？　僕の何が悪いんだろう？　ろうそくの炎を見つめていると、その中に迷い込んでしまいそうだった。炎のいちばん下の青いところに集中して、それから真ん中のオレンジのところに集中する。トウモロコシのかたちをしたハロウィンの飴みたいだ。じっと見ていると吸い込まれていきそうだった。息をするたびに少し揺らめく一筋の炎を見つめていると、ＤＪを黙らせるのがすごく簡単になった。何年か前に家族の友だちが僕たちを山小屋に招いてくれたときのことを思い出した。そこには暖炉があって、僕は暖炉の前に座っていた。その頃、短期間だったけど父さんは仕事をしていて、しばらくお酒を飲んでいなかった。夫婦げんかもなくて、母さんの具合もいまよりよかった。僕はろうそくの前に座って炎を見ながら、しばらくのあいだその中に浸っていた。あたたかい気持ちになった。いい気分。幸せな感じ。

ルースのもとに通っていた数週間、僕は何時間もろうそくを見て過ごした。いまでもあのろうそくの炎を思い浮かべると、平穏なところに戻れる。僕の家にはろうそくがなかった。この何週間か前、友だちのおばあさんが病気で、カトリック教会に一緒に行ったことを思い出した。友だちは献金箱に10セント入れて、ろうそくに火をともしてお祈りをしていた。僕にとってはもの珍しかった。家に帰る途中、僕はその教会に寄ってろうそくを2本とマッチを取って、ポケットにあった15セントを置いてきた。

それから毎晩、僕はがんばってろうそくの炎を見つめ、何も考えない時間を延ばそうとした。

医者になってから、夜に痛みが増すと患者から何度も訴えられたた。それは、夜になると症状が悪化するからではなくて、邪魔するものがないからだ。心が静かになると、日中からそこにあった痛みが大きくなるように感じる。夜中の2時に目が覚めると、将来への不安や過去の後悔が一斉に暗い夜の中に浮かび上がるのも、同じ理由だ。ルースは心をコントロールする方法を教えてくれた。そうすることで、過去の罪や恥を二度と感じなくてすむように、心のラジオから流れてくる未来の出来事に不安や恐怖を覚えなくなるように助けてくれた。

何よりも、それまでと違って、こうした考えに感情的に反応しないことを教えてくれた。過去をなかったことにしたいと願っても意味がないことや、自分にはどうしようもない恐ろしい未来を心配しても仕方がないことを教えてくれた。

それから3週間ほど、僕は自分の考えを観察して、心を静めるための三つの方法を練習して過ごした。呼吸に意識を向けること、ろうそくの炎を見つめること、そして最後の方法。マントラだ。

「マントラって知ってる？」

僕は首を振った。さっぱりわからない。

「集中を助けてくれる歌とか、音みたいなもの。これまで呼吸やろうそくに意識を集中してきたけど、これはまた別の心のトリックなの」

ルースを見ると、ホイッスルとベルのついたネックレスを着けていた。このことなの？　そのときルースが僕の方にからだを傾けて、ベルがちりんと音をたてた。僕は吹き出しそうになった。ルースもベルを見て笑った。

「あら、このことじゃないのよ」

「どんな音？」なんだか妙なことになりそうだと思った。

「人によって違うの。自分にとって大切な言葉だったり、何か魔法のような意味のあるフレーズだったり。何でもいいの。言葉はあまり重要じゃなくて、音が大切なの」

「なんて言えばいいの？」

「なんでもいいのよ。どんなものでもいいけど、何度も何度も繰り返すの」

「大きな声で?」

「ううん、独り言みたいに」

絶対にヘンだ。大切な言葉なんてぜんぜん思いつかない。頭の中で何度も繰り返す言葉なんて、罵り文句くらいだ。でも、ルースが言ってるのはそういうことじゃないのは確かだった。

「決まった?」ルースは僕が何か魔法の言葉を思いつくのをのんびりと待ってくれていたけれど、まったく何も思い浮かばなかった。

「思いつかない」

マジックでは言葉が大切だって知っていた。アブラカタブラ。開けゴマ。言葉が違ってたらうまくいかない。

「最初に思いついた言葉は何? なんでもいいわよ」

「クリス」心の中でつぶやいた。アパートの上の階に住んでいる子だ。頭の中ではまともそうな言葉を探していた。何も思いつかない。突然、ドアの取っ手が思い浮かんだ。取っ手。クリスの取っ手。いまだにどうしてその言葉を組み合わせたのか、あのときそれが自分にどんな意味があったのかわからない。

ルースは僕を見た。

「見つかった？」

「うん」と言ったけれど、急に恥ずかしくなった。間違った言葉を選んじゃった。ばかみたい。たぶんうまくいかない。

「自分にその言葉をつぶやいてみて。でもゆっくりと一言ひとこと伸ばしてね」

「クリィースゥー……取っ手ぇ……」つぶやいてみた。

何度か繰り返した。

「じゃあ、自分に向けて唱えてね。これから15分繰り返すのよ」

ルースは僕を見た。僕はきっと、この人おかしいんじゃないのという表情でルースを見返していたと思う。

「一つひとつの言葉の音に意識を向けて。ほかのことは考えちゃだめ」

これは効いた。適当なマントラを唱えているとほかのことは考えられなくなった。クリスと取っ手なんていう言葉の組み合わせを何度も何度もつぶやいていたのに、クリスのことも取っ手のことも考えられなかった。僕がこの世にいることをクリスが知らなくても、僕の前歯のことをどう思っても、ニキビがあることに気づいても、気にならない。そんなことはどうでもいい。大切なのは、ＤＪの声が聞こえなくなったってことだ。おしゃべりが止まった。

僕は家でマントラを練習した。一度に何時間もやることもあった。いまではそれがなぜだかわかる。とにかく信じられないほど心が落ち着いた。繰り返すこと。意図的にやること。これが脳を変える確実な方法だ。ルースが教えてくれた呼吸法をやりながら、ろうそくの炎を見たり、ゆっくりとマントラを唱えたりしていると、ものごとが変わりはじめた。

ようやく父さんが家に帰ってきた。今度は二日酔いで申し訳なさそうにしていた。母さんが部屋から出てきて、またあれが始まった。いつものけんかだったけど、今回は立ち退き通知を受けたってことも原因だった。僕はその前の何時間か部屋で呼吸とマントラの練習をしていた。なぜだか説明できないけれど、僕は両親がいる部屋に入っていって、二人を愛していると言った。両親のことを違う目で見るようになった自分に気づいた。そして自分の部屋に戻った。僕は怒ってもいなかったし、動転もしていなかった。その状況を受け入れた。何分かたつと、頭の中でも外でも何も聞こえなくなった。家の中がしーんと静かになった。居間に戻ると、両親が黙って座っていた。

「大丈夫だから」父さんが言った。

「わたしたちもあなたを愛してるわ」母さんが付け加えた。

そのときは、本当に大丈夫なのかわからなかった。でも両親が精いっぱい僕を愛しているのはわかった。僕がずっと望んでいたような愛され方とはぜんぜん違っていた。でも、その瞬間はそれで充分だと思えた。

僕が初めて見た脳は、ホルムアルデヒドでいっぱいのガラス容器の中にぶら下がっていた。灰色でしわしわだった。ばかでかいクルミか、古くなった1キロハンバーガーの塊みたいで、人間のすべての機能を司るスーパーコンピュータには見えなかった。そのしわしわの塊を見つめて、こんなぶにょぶにょの灰色のゼラチンが、どうやって思考と言語と記憶を司っているんだろうと不思議に思った。その後、言語や味覚や運動機能を司る領域は習ったけれど、教科書でも手術でも、脳のどこを切ったら愛があふれだすのかを教えてくれた教官はいなかった。どんな解剖も、子供を育て守る母親の本能を見せてくれはしなかった。どんな検査をしても子供のために仕事を掛け持ちする父親の不思議な力は明らかにならなかった。誰かを助けるために駆けつけたり、危機に直面して赤の他人が力を合わせるように指示する司令塔も脳の中には見えなかった。

脳のどの部分が、ルースの時間と関心と愛を僕に与えてくれたんだろう？

ホルムアルデヒドに浮かんでいる脳にはそのどれも見えなかったし。脳手術のあいだに顕微鏡を通してもそんなものは見えなかった。医学部時代に自分の脳みそを使って脳について夜遅くまで考え、これってなんだか不思議だな、と思った。人はどうやって脳と心を切り離し、区別しているんだろう？　脳は手術できても心は手術できない。でも脳手術で永遠に心が変わることもある。因果関係のジレンマだ。卵が先か、鶏が先かの堂々巡り。ある日、それをルースに聞いてみた。

「ジム、お腹が空いたとき、卵が先でも鶏が先でもかまわないわよね、違う？」その頃、ときどきすごくお腹を空かせていた僕は、卵でも鶏でもよろこんで食べたと思う。

ルースはものごとをかみ砕いて、わかりやすく説明するのが上手だった。くる日もくる日も、僕自身の感情や考えを新しい見方で捉え直す方法を教えてくれた。

この「考えることについて考える」こと、つまり自身の脳を観察する能力は、いまも大きな謎のひとつだ。

その夏休みも残り2週間になり、自分の考えを観察してそれを切り離すことを僕がなんとなく理解しはじめた頃、ルースがまったく新しいトリックを持ち出した。

「ジム、女の人をまっぷたつに切るマジックを見たことある？」

僕はうなずいた。「もちろん」

「これからそんな感じのトリックをやるんだけど、あなたの心臓を使うの。心臓を切って開くのよ。真ん中で半分に割るの」

何を言ってるのかわからなかったけれど、その頃にはルースが急にとんでもない提案をしてくることに慣れていた。僕はただ椅子に座ってベルトを締め、その旅を楽しめばいい。

ルースのマジック

頭の中の声を止める

①「ルースのマジック♠1」で身体がリラックスしたら、次は心を手なずけましょう。

② まず、もう一度呼吸に集中します。さまざまな考えが頭に浮かんでくるでしょう。その考えに流されるのもよくあることです。そうなったらまた呼吸に意識を戻します。鼻孔に意識を向けて、そこに空気が出入りしていることを考えるのも集中を戻すコツのひとつです。

③ 心が漂わないように、マントラを唱えたり、言葉やフレーズを何度も繰り返したり、ろうそくの炎やほかのものを見つめるのもいいでしょう。漂っていく思考に注意が向くことを防ぐ助けになります。指導者が生徒に個別にマントラを与えてもいいでしょう、自分の好きな言葉を選ぶ、ろうそくの炎やほかのものに集中する、という方法もあります。自分に合ったやり方を見つけてください。何が効くかは人それぞ

れです。

心を手なずけられるようになるには、時間と努力が必要です。すぐにできなくても大丈夫。平穏な心がもたらす深い効果が見えるまでに、数週間か、もっと長くかかることもあります。これができれば、否定的な考えや、集中を妨げることに気持ちが向かなくなります。すると、頭の中の声に心を乱されることもなくなり、リラックスによる心の静けさをより感じることができます。それが身体全体によい効果を及ぼします。

この練習を1日に20分から30分続けること

頭の中の声を止めると、思考が澄みわたる

4 自分をどう扱うかを決めるのは自分

いつもより早めに家を出た。その日のランカスターは、40度近い記録的な暑さになるという予報だったからだ。空いっぱいにかすみがかった雲が広がっていて、すすけた感じに見えた。快晴でもなく、曇りでもなく、どこを見ても茶色か灰色っぽい空だった。地面から熱気が上がってくるのを自転車のペダルからも感じ、すね毛がちりちりになりそうなほどだった。片手で交互にハンドルを握らないと、手が焼けてしまいそうだった。しばらく両手を離して自転車をこぎ、ちょうどいい調子になってきたところで、教会の隣の原っぱから怒鳴り声が聞こえてきた。

年上の男の子が誰かを殴りつけていた。その子は僕より二つ上の学年で、兄ちゃんも僕も突つかれたり、殴られたり、その相棒みたいなやつと一緒になってツバを吐きかけられたりしていた。その二人組のいじめっ子が、学期中は放課後の3時から5時まで、ランカスターにのさばっていた。夏休みはのさばる時間が延びたらしく、まだ朝の10時なのにひとりが誰かを殴ったり蹴ったりしているあいだ、もうひとりは叫んだり笑ったりしていた。殴られている子供は地面に丸くなって顔を伏せていたので、誰だかわからなかった。腕で頭をかばうようにしていた。一瞬、兄ちゃんかと思ったけれど、さっき僕が出たときには家にいたことを思い出した。

なぜ自転車を降りて、いじめっ子たちに怒鳴り始めたのかわからない。僕はいつも兄ちゃんを守っていて、大人になってもそれが習い性になっていたけれど、けんかをしたかったわけじゃないし、そいつらとかかわるつもりはまったくなかった。初めは僕の声が二人には聞こえず、近づくにつれて地面に転がっている子へのパンチとキックを自分が受けているように感じ、心臓が高鳴りはじめた。深く息を吸って、二人組に怒鳴った。

「やめろよ！」

大柄の方が子供に覆いかぶさっていて、僕の声が聞こえると、立ち上がった。僕にニヤリと意地悪そうな笑いを向けて、地面に転がっている子の腹をもう一度蹴り上げた。僕は自分が腹を蹴られたように感じてビクっとした。

「俺に歯向かうってのか？」

二人が僕の方を向き、地面に転がっていた男の子が背中を丸めて起き上がろうとした。学校で見たことのある子だった。名前は思い出せないけど、去年、家族の転勤でやってきた子だ。父親は基地で働いていた。顔が血だらけになっていて、メガネは土の中だった。体つきはみんなの半分くらいしかなかった。僕は二人組と同じくらい背は高かったけど、相手はおそらく僕より10キロ以上重かった。その子が立ち上がって教会の方によろよろ歩き出すのが見えた。とにかく逃げだしたいと思ったのだろう。

「シマを取ろうっての？」

二人が僕の方に何歩か近寄った。口がカラカラに乾いて、耳鳴りがしはじめた。ルースが教えてくれた深い呼吸をしようとしたけど、胸いっぱいに空気が吸い込めなくなったみたいだった。

これじゃダメだ。

「ヒーロー気取りかよ。頭おかしいんじゃねーの？」

僕は黙っていた。あの店で習ったみたいに足と手をリラックスさせようとした。足の親指のつけ根あたりに力を入れて跳ねることで、頭をすっきりさせた。闘わなくちゃいけないときには闘う。逃げるもんか。

「お前を叩きのめして、自転車を取るからな」

僕はまだ黙っていた。相棒の方が僕の後ろに少し動くのを感じたけれど、いつも叩いたり蹴ったりしてるいじめっ子の方をまっすぐに見つめた。こいつが親玉だ。やつが顔を近づけてきたとき、口の端っこに白いカスみたいなものが見えた。気温はますます上がっていて、そいつの顔は汗と泥で汚れていた。

「いま俺の足を舐めれば許してやるけど」

マジックショップにいるルースとニールの姿を思い浮かべた。僕が来るのを待ってるはずだ。もし行かなかったらさぼったと思われるかな？　ここで血を流していたら誰かが見つけてくれるかな？　誰かがあの子を助けてくれるだろうか？　こいつは朝シリアルに牛乳をかけて食べたあと口も拭かずに、誰かを殴りつける気満々で家を飛びだしてきたのかな？　いろんなことが頭に浮かんだけれど、乾いた白い食べカスをただ見つめて、それをろうそくの炎だと思おうとした。

「足舐めな」

僕は視線を上げて、その子の目を見つめ、さっき「やめろ」と言ったあとで初めて口を開いた。

「いやだ」

そいつは手を伸ばして僕のTシャツをつかんだ。

「舐めろ」と脅かした。力があるんだと見せつけるみたいな顔でにやついていた。顔が近づいてきて、息がにおった。僕は一瞬目を閉じて、その瞬間何かが変わった。

目を開けてまっすぐそいつを見つめた。誰かを本当に理解しようとするときみたいに、そいつの目をじっとのぞき込んだ。

「好きなようにしろよ、でもおまえの足は舐めない」

そいつは笑って、横の相棒に目をやった。眉毛を上げて、また僕に視線を戻した。僕はまばたきせずにそいつを見つめ続けた。そいつは拳を振り上げて、耳の後ろで構えた。僕はビクともしなかった。そいつの目を見つめ続け、その瞬間、やつが僕より大きかろうが、拳にあの子の血がついていようが気にならなくなった。怖がったりするもんかと思った。それにあいつの足も、誰の足も舐めるもんか。絶対に。

僕たちの視線が一瞬がっちりと絡み合い、僕はやつを見て、やつも僕が見たことを知っていた。やつの痛みと恐れが僕には見えた。人をいじめることで隠そうとしている痛みと恐れを見た。

やつの視線が僕から逸れて、相棒に向き、また僕に戻った。

「くだらねえ」

やつは僕のTシャツから手を離して、少し押したので、僕は一歩後ろによろけたけれど、転ばなかった。

その一瞬、僕の方を見ずにやつは向こうを向いた。

「暑いな。どっか行こうぜ」

もうひとりの子が僕の背中を少し押したけど、ただの強がりだった。相棒は何が起きたかよくわかっていなかった。二人は遠ざかりはじめ、相棒の方がいじめっ子に話しかけているのが見えた。どうして僕をボコボコにしなかったのかと聞いてたんだろう。いじめっ子は相棒を押して、「うるせぇよ」と言った。どちらも振り返らなかった。

僕は二人が立ち去るのを見ながら何度か深く呼吸して、自転車に戻った。何が起きたのか、どうしてそんなことをしたのか自分でもよくわからなかったけれど、気分はよかった。遅刻したことを急に思い出し、ルースが待っていることに気がついた。すっぽかしたと思われたくない。僕は店まで全力で自転車をこいだ。


息を切らし、あわててドアを抜けて店に入った僕は、ルースとニールに途中で何があったかをぜんぶ話すつもりだった。僕のために、自分を守れないあの小さな子のために、立ち上がったんだ。おそらく生まれて初めてヒーローになったような気がした。僕がしたことを聞いたら、ルースは絶対に遅刻を許してくれるはずだ。

「ルース」

名前を呼んだ。妙だ。ルースもニールも店先にいない。

「ルース！　ニール！　来たよ」

返事はない。

奥の小部屋に急ぐと、二人の声が聞こえた。ルースとニールが言い争っていた。二人が言い争うのを初めて聞いた。

「まだ子供じゃないか」

「一生記憶に残るのよ。きちんとしたほうがいいわ」

「もう遅いよ。傷つけてしまったんだ。あの子が大人になったら僕が説明するから」

「傷は治せるし、治すべきよ」ルースは怒っているようだった。

ルースの怒った声は聞いたことがなかったので、心配になった。僕が何かやらかしちゃったんだろうか？　遅刻したからあんなに怒ってるのかな？　そんなはずはなかった。ニールが僕をどう傷つけたって言うんだ？　僕が大人になったら何を説明してくれるんだろう？

「ニール、間違いは誰にでもあるわ。私だってあなたを傷つけたことがある。でも間違いを正すのに遅すぎるってことはないの。もしやらなかったら後悔するわ。絶対に」

しーんと静かになった。ふたりが部屋から出てきて、僕が盗み聞きしてたと思われたらいやだ。店の前まで戻って、もう一度ドアを開け、二人の名前を呼んでみた。盗み聞きしてたことに気づかれませんように。

「こんにちは」と声を上げた。

「ルース、僕だよ」

ルースが奥の部屋から出てきた。その目は、僕の母さんみたいに赤かった。泣いていたとわかった。

「ジム、遅刻よ」

「ごめんなさい。来る途中でちょっといろいろあって」

ルースが僕の姿を上から下まで見た。

「シャツについてるのは血？」

「僕のじゃない。心配しないで」

ルースは笑った。「それじゃもっと心配だわ。奥に行きましょう」

ニールの脇を通り過ぎるとき、ニールはもごもごとつぶやいたけれど、僕を見なかった。僕が何かやらかしたのか、ニールが何かやらかしたのかわからなかったけれど、悪いことに違いない。ニールは僕のこと嫌いになっちゃったのかな。

ルースは僕を椅子に座らせて、リラクゼーションの練習をして、それから頭の中でマントラを唱えるように言った。練習を始めたものの、さっき聞いた二人の会話が何度もよみがえってきた。ニールは僕にどんな間違いをしたんだろう？　ルースが泣くほど悪いことってなんだろう？　耐えきれなくなって、考えを止めることなんてできそうになかった。

「どうしたの？　僕が何かした？　どうしてニールは怒ってるの？」目を閉じたまま一気に口走って、それから目を開けると、ルースが戸惑った顔で僕を見ていた。

「どうして何かしたと思うの？」

「僕のことでニールと言い争ってるの聞いちゃったんだ。ドア越しに。ニールは僕のこと嫌ってる」

ルースは僕を見つめながら、うなずいた。

「ぜんぶ聞いたの？」

「うん」

僕はうなだれて答えた。ルースとニールはこれまで親切すぎて夢みたいだったし、店に来るのも今日が最後だと思った。

「そうなの？　ニールはなんて言ってた？」

「えっと……」

思い出そうとしたけれど、正確な言葉は思い出せなかった。

「それで？」ルースは先を促した。

「なんか、傷つけたとか……そんなこと」

「あなたの名前を言ってた？」

「ううん、それは言ってない」

僕の名前が出たかどうかは思い出せなかったけれど、絶対に僕のことだとわかっていた。また余計に落ち込んだ。僕のことで言い争ってたんじゃないなんて、ルースは嘘をつくつもりなんだろうか？

「ジム」ルースはやさしく言った。

「あなたのことじゃないの。わたしの孫息子のことを話してたのよ」

「孫？」

「そう、ニールには息子がいて、いろいろ複雑で悲しいんだけど、孫に会いたいの」

「その子、何歳？」

「あなたぐらい」

「どこにいるの？」

「彼のお母さんと一緒よ。でもそれは重要じゃない。重要なのは、どうしてあなたのことで言い争ってると思ったかよ。なぜニールがあなたを嫌ってると思ったの？」

なんて答えていいかわからなかった。僕のことだと思い込んでいた。

「ジム、誰でも人生の中で痛みを感じることがあるわ。息子と孫のことで、わたしも胸が痛くなる。けがをしたときみたいにね。もしひざに切り傷ができたらどうする？　そこに注意を払うこともできる。消毒して、絆創膏を貼って、きちんと治るようにするの。でも、それを無視して、なんでもないように、痛みもヒリヒリも感じないふりをして、ズボンのすそを下ろして傷がなくなるよう願うこともできる。それがいちばんいいやり方かしら？」

「違う」

今度も、ルースの言いたいことがよくわからなかった。

「心の傷も同じよ。注意を向けてあげないと治らないの。そうしないと、傷が痛み続けるわ。ずっとそれが続くこともある。誰でもかならず傷つくの。そういうものなのよ。でも、傷や痛みにはすごい目的があるのよ。心は傷ついたときに開くものなの。痛みを通して人は成長するの。難しい経験を通して大きくなるの。だから、人生で出遭う困難はすべてありがたいと思わないといけないの。問題がない人はかわいそうだわ。困難を経験しない人はかわいそう。そういう人は贈り物をもらえないの。マジックを体験できないのよ」

僕はうなずいた。いままでずっと、自分と友だちをくらべて、友だちはなんでも持ってると思ってた。友だちはスーパーのレジで母さんが生活保護の食券を出すときの痛みを感じなくていい。福祉局の配給所の列に並んで、粉ミルクやバターや味のないチーズをもらわなくてもいい。友だちの両親はけんかしたり酔っぱらったり、薬を飲みすぎたりしない。何もかもうまくいかないのは自分のせいだと思いながら眠らなくてもいい。車もお金も洋服も彼女も素敵な家もある。それでもかわいそうだって思うの？

「ジム、次のトリックは心を開くことよ。これがなかなかできない人もいるわ。あなたにはそれほど難しくないはずよ」

「どうして？」

「人生があなたの心を開きはじめてくれているからよ。ジム、あなたは思いやりのある子ね。家族を大切にしてる。お兄さんやお母さんを気にかけてるし、お父さんのことだって気にかけてる。ニールがあなたに怒ってると思ったときも、気にかけてたわ。毎日ここに来るくらい、いろんなことを気にかけてる。ほかの人を思いやる力があることは間違いないわ。それは、心を開くことの一部なの」

今朝殴られていたあの男の子のことを考えた。よく知らない子だったけど、僕は気になった。気になったから自転車をとめた。自分がその子でもおかしくない（し、そうだったこともある）から、気になったんだ。それまでに何百万回も痛みと屈辱を感じてきて、それが人を傷つけることを知っていたから気になった。ものすごい痛みだって知っていたから。

「心を開くことのもうひとつの面はね、あなたが本当に練習しなくちゃならないのはこっちだけど、自分を気にかけるってことなの」

僕は自分を気にかけてる。そんなの簡単だ。

「わたしたちがあなたのことを話してると思い込んだのには、理由があるの。自分が聞いたことから、すごく飛躍して、ニールがあなたを嫌ってるって思い込んだでしょう」

「ただの勘違いだよ」

「そうね」ルースは笑った。

「みんな勘違いするものね。お互いに。自分にも。状況にも。覚えておいてね。なんでも自分のせいにしなくていいってこと。わたしも孫のことはそういうふうに考えないといけないわね」

僕はうなずいた。

「人はみんな、人生で何を受けいれるかを自分で選んでいるの。子供はあまり選べないんだけどね。家族や生まれた環境は選べないし、それはどうすることもできないわ。でも大人になると、選んでいるの。意識することもしないこともあるけれど、自分をどう扱うかを決めているのは自分なのよ。何を受け入れるか？　受け入れないか？　選ばなくちゃならないし、自分のために立ち上がらなくちゃならない。それができるのは自分しかないの」

結局、その朝のけんかのことをルースに話すチャンスはなく、その後はニールとルースの言い争いを聞くこともなかった。次の週は毎日、心を開く方法を教わった。人が頭の中でする会話はだいたい厳しすぎるし、否定的だとルースは説明してくれた。それが自分のためにならないような反応を引き起こすのだと言っていた。だからたいていは、いまここにいることができないのだと。その朝は、自分を褒める練習から始めた。すごく変な感じだった。僕はいい子だ、僕のせいじゃない、僕はいい人間だと何度も繰り返した。自分があのラジオ局のDJになったみたいだったけど、口に出すのはすべてやさしくて慰めになる言葉だった。もうひとりのDJの声が聞こえてくるといつもそこでやめて、自分にやさしいマントラをつぶやきはじめた。

「僕には価値がある。愛されている。大切にされている。僕は他人を大切にする。自分のためにいいことだけを選ぶ。他人のためにいいことだけを選ぶ。僕は自分が大好きだ。他人が大好きだ。僕は心を開く。僕の心は開かれている」

ルースは僕にこの10カ条を書き出させて、毎朝毎晩、思いついたときにはいつでも、とくにリラクゼーションの練習や、頭の中の声を静める練習のあとに、この言葉を繰り返させた。なんだかわざとらしかったけど、声に出して言わせないだけましだった。僕はルースに言われたとおりにした。

次に、自分と家族と友だちと、僕の嫌いな人やそれにふさわしくない人にも、愛する気持ちを送るようにとルースは言った。そう言われて、僕が困った顔をしたのをルースは見ていた。ルースはすごくやさしい顔で僕を見てこう言った。「ジム、他人を傷つける人こそ、いちばん深く傷ついているのよ」

でも、難しかった。僕をボコボコにしたいじめっ子のことを受け入れるなんてできないと思った。そんなの無理だ。僕はやつが大嫌いだし、僕に意地悪したり僕を傷つけたりした人みんなが憎らしかった。でも、努力してやり続けた。何度も何度も。しばらくすると、やつらが傷ついて、ボコボコにされて、痛くて泣いている姿を想像して、僕がやられたときと同じだと思ったら、できるようになってきた。僕が誰かに怒っているときは、だいたいいつも内側が傷ついていることに気づいたら、簡単になった。僕は自分に怒っていた。以前はそれに気づかなかった。ルースの言葉が何度もよみがえった。

「他人を傷つける人こそ、いちばん深く傷ついているの」

そのとおりだった。ルースが伝えたかったのは、そこだった。自分の傷を癒やすことができれば、痛みはなくなるし、他人を傷つけることもない。そうだったんだ。ルースといることで、僕は癒やされてたってこと?

その前の週、ルースは、欲しいものを何でも手に入れる力を最後に教えてくれると言っていた。僕は早くそっちに移りたかった。心について話すのにはもう飽きていた。そればかりずっと考えているのがつらかった。長い時間をかけて自分の奥深くに埋めようとしてきたつらいことをたくさん思い出してしまうからだ。でも、それが表に出るとすごくつらいけど、だんだん楽になっていくことにも気がついた。そのつらい出来事を心の中でもう一度経験しても、前とは違う気持ちで応えていた。そのことを受け止めて、つらさや痛みにどうしようもなくなってしまうことはなくなった。自分を責めたり、自分のせいだと思ったりしなくなった。それに寄り添うことができた。DJはまだそこにいたけれど、それほど気にならなかったし、その声はすごく、すごく小さくなっていた。

ルースは僕の心を大きく開いてくれた。ときにはそれで痛みを感じることもあったけれど、気持ちよかった。

人間が初めて聞く音はみんな同じだ。それは母親の心臓の鼓動だ。その一定のリズムは人間が知る最初のつながりで、僕たちはそれを頭でなく心臓で知っている。真っ暗な場所で慰めと安全を感じるのは、心臓だ。心臓は人をひとつに結び、はなればなれになると心臓は壊れてしまう。心臓には特別な魔法がある。愛だ。

ウィスコンシン大学のリチャード・デビッドソンが共感について最初に研究しはじめたとき、研究パートナーになったのは、長年瞑想の修行をしていたチベットの僧たちだった。共感を計測するため、僧たちは電極が無数についたキャップを頭にかぶって脳波を測定することになった。この実験について聞いた僧たちは、みんな笑いだした。長いコードがびっしりと埋め込まれたキャップが、もじゃもじゃのかつらみたいでおかしかったのだろうと研究者は思った。でも、僧が笑っていたのはキャップのせいではなかった。研究者たちはまったく勘違いしていた。最後にひとりの僧が理由を教えてくれた。

「誰でも知ってますよ。共感は脳が発するものじゃありません。心臓からくるんです」

心臓は知性を持つ臓器で、脳から大きな影響を受けるだけでなく、わたしたちの脳にも、感情にも、理性にも、選択にも大きな影響を与えることが研究で示されている。脳からの指示を受け身で待つのではなく、心臓自身が考え、身体のすべての部分に信号を送り出している。脳幹から出る迷走神経の一部で、心臓にもそのほかの臓器にも膨大な支配を及ぼしている部分は、自律神経系（ＡＮＳ）の一部だ。

心拍変動と呼ばれる心臓のリズムは、人の内面の感情の状態を反映し、自律神経系の影響を受ける。ストレスや恐れのあるときは、迷走神経トーン指数が低くなり、自律神経系のうちの交感神経系（ＳＮＳ）が支配的になる。交感神経系は神経系のなかでも原始的な部分で、血圧や心拍数を上げたり、心拍変動を下げたりすることで脅威や不安に対応する。逆に、ゆったりとリラックスしているときは、迷走神経トーン指数が高くなり、副交感神経系（PSNS）が支配的になる。闘争・逃走反応を刺激する交感神経系とは対照的に、副交感神経系は休息・消化反応を促す。心拍変動を測れば、ストレスと感情に心臓と神経系がどう反応しているかを分析できる。愛と共感によって心拍変動は増加するが、不安や怒りやうっぷんを感じると心拍変動が減少し、よりスムーズで一定になる。ここを勘違いする人は多い。ストレスと心拍数が増えれば、心拍変動はバラついて不定期になり大きく揺らぐと考えるほうが筋が通っているように思える。反対に、落ち着いていてリラックスしているときこそ、心拍変動が安定していそうなものだが、じつは反対なのだ。

面白いことに、突然の心臓死の原因として非常に多いのが、心拍変動の減少だ。これは、慢性的な脅威や迷走神経トーン指数の低下によって起きる。ストレス、不安、慢性的な恐れ、ネガティブな思考などによって、心臓に血液を送り込むときに余分な力が必要になる。たとえれば、満員の劇場で、「火事だ！」と叫ぶのと同じことだ。何度もそれを繰り返していると、しまいには誰かが下敷きになって死んでしまう。

いま振り返ってみると、ルースは僕の脳内に新しい神経結合をつくる手助けをしてくれていたのだった。僕にとって、それは神経可塑性の初体験だった。この言葉が一般的になるはるか以前のことだ。この理論は120年前にアメリカ人心理学者のウィリアム・ジェームズが初めて提唱したが、20世紀の後半になってやっと現実に神経可塑性が理解されるようになった。ルースは新しい神経回路をつくることで僕の脳を変える訓練をしてくれていただけでなく、迷走神経を整えることを助け、それによって感情と心拍と血圧をコントロールすることを教えてくれていた。僕はルースの教えが効くことはわかってはいたけれど、そのマジックの裏にある生理学については何も知らなかった、ルースのおかげで僕の集中力と注意力は増し、気持ちは落ち着き、免疫システムは強化され、ストレスレベルは下がり、血圧まで下がっていた。

あるとき母が僕にドラッグをやっているのかと聞いた。僕は一度もドラッグに手を出したことなんてなかった。お酒もドラッグも死ぬほど怖かった。母はそれまでに何度かドラッグで自殺を図っていた。僕が以前よりもずっと落ち着いて幸せそうに見える、前みたいに追いつめられている感じがしないと言った。ルースは感情をコントロールする力や、共感する気持ちや、社会とのつながりを高め、僕を楽観的にしてくれた。自分自身に対する見方も世界への見方も変えてくれた。

そして、それがすべてを一変させた。

最高のマジシャンは観客を巧みにひきつけ、記憶を操り、相手に何も意識させずに彼らの選択に影響を与えることができる。ルースは僕に、身体をリラックスして思考を手なずける方法を教えることで、僕自身が意識の向け方をコントロールできるよう指導してくれていた。僕に、最強のマジックを、「脱出王」フーディーニよりもすごいイリュージョンを、身勝手なヤジを飛ばしている本当に疑り深い観客の前で、つまり僕の心の前で、やってのける技を教えてくれていた。

思考を観察することで、僕は自分自身から自分の考えを切り離せるようになっていった。少なくとも、ルースはそれを教えてくれていた。当時の僕がそれを理解していたかどうかはわからない。ルースとあのトリックを身につけても、自分の人生がそれほど変わったようには思えなかった。僕はまだ、誰も住みたがらない地区の小さなアパートに住んでいた。相変わらず貧乏だった。友だちもほとんどおらず、人づきあいもまったくなかった。両親が僕を愛してくれているのはわかっていたけど、僕の人生はぐちゃぐちゃに壊れたままだった。その頃は、お金持ちに生まれれば成功できると思っていた。貧乏に生まれると、催眠術師の舞台に上げられて自分は鳥だと信じ込まされているようなものだった。どれだけ翼をパタパタさせても、観客が笑うだけで、本当に飛ぶことはできない。僕は心を開こうと努力した。がんばって10カ条を繰り返した。でも心の中の僕はまだ、小さなアパートに住んでいて、いつも食べ物と愛情に飢えている貧しい子供だった。

僕は自分が誰で、将来どんなふうになるかを知っていた。心の傷を贈り物とは思えなかった。でも、ルースに最後のトリックを教えてもらいたかった。この5週間、毎日僕を訓練してくれたルースがオハイオに帰るまでに、あと1週間しかなかった。

「ジム、わたしの教えがあまり役に立ってないとあなたが思ってることは知ってるわ。でも本当にこれが役に立つことをわかってほしいの。いまあなたが思っている以上にね」

僕はうなずいて、すごく役に立ってるよと口を挟もうとしたけれど、ルースは僕に話させてくれなかった。

「もうあまり時間がないわね。残った時間で最高のマジックを教えるわ。でもわたしが言うことをすべて完全に聞かなくちゃだめ。すべてよ。それがすごく大切なの。なぜかというと、これまでたくさん時間を使ってきたほかのことと違って、この最後のマジックは欲しいものをすべて与えてくれる力だからよ。なんでも欲しいものが手に入るから、危険なの。欲しいものがあなたやほかの人にとっていいものとは限らないわ。このマジックを使う前に、心を開いて、何が欲しいかをよく知らなくちゃならないの。本当に欲しいものを知らずに、欲しいと思い込んでいるものを手に入れたら、欲しくないものが手に入ってしまうの」

え？　もう一度言ってくれる？

そのときは、ほんの少しもわかっていなかった。「欲しいものがなんでも手に入る」という部分しか耳に入らなかった。

やっと準備ができた。ルースが約束してくれたように、このマジックが僕の人生を変えてくれるんだと思った。最後のトリックを早く始めてほしくて、ずっとルースを急かしていた。もう心は開かれてるから、すぐに始めようと言い続けていたけれど、ルースはいつも首を横に振った。

「ジム、心を開くところは飛ばせないの。そこがいちばん大切なのよ。信じて。これから見せる最後のトリックの前に、いつも心の方を先にやるって約束してね。わたしの教えをトリックだと思ってるでしょう。たぶんある意味ではそうね。でも、このトリックには力があることを忘れちゃだめよ。このことを真剣に聞かないと、すごく大きなしっぺ返しを食らうことになる。いまそのことを覚えておけば、あとで大変な思いをしなくてすむわ」

「約束するよ」

最後のトリックを教えてもらうためなら、僕はなんだって約束しただろう。心を開くことでもなんでも。僕はもう自分の欲しいものを知っている。

はっきりと。

あのとき、ルースの言葉をもっとちゃんと聞いておくべきだった。他人にも、世界にも、心を大きく開いて、それに従うことを、12歳のときに身に付けておけばよかった。そうしていたら、どれだけの痛みを経験せずにすんだだろう？　僕の人生の教訓はどれほど違っていただろう？　うまくいかなかった関係も、うまくいっていたかもしれない。僕はもっといい夫になれていただろうか？　もっといい父親に？　もっといい医師に？　もし聞いていたら、人生の最初の半分にあれほど傲慢に多くを求めただろうか？　どんな違う選択をしていただろう？

なんとも言えない。人はそのときに学ぶべきことを学ぶ運命にあるし、大きな代償を払ってしかそれを学べない人もいる。ルースは彼女にできる最善を尽くして、僕を助けようとしてくれた。自分の運命に立ち向かい、自分の価値や意義や能力を他人に決めさせないことを教えてくれた。僕を苦しめていた僕自身から救ってくれた。でも僕はまだ幼くて、貪欲だった。ルースに心を訓練する方法を教わって、大きな世界が目の前に開けたとき、それをまるで敵のごとく攻撃してしまった。いまの僕がわかっていることを当時の僕がわかるはずはなかった。もしわかっていたら、まず初めに真摯に心を開いていただろう。頭には強い力があるけれど、まず心を開かなければ、本当に欲しいものを手に入れることはできない。

痛みから学ぶ者だけが、痛みを贈り物として受け取れる。でも、必要のない痛みや苦しみを自分や他人に与えれば、人生を分かち合う人たちに誠実でも公正でもなくなってしまう。

ルースは強力なマジックを教えてくれていた。もしあの日、僕がルースの言葉にもっと注意を払っていたら、自分と自分以外のたくさんの人を、大きな痛みと苦しみから救えたはずだった。

でも、ティーンエイジャーになりたての僕は、何かに意識を向けるということをやっと覚えはじめたばかりだった。

ルースのマジック

心を開く

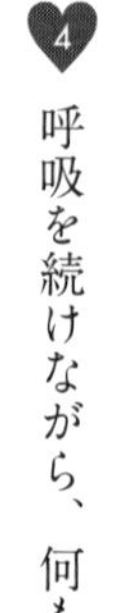

1. 身体を完全にリラックスさせます。（ルースのマジック♠1）
2. リラックスしたら、呼吸に意識を集中し、頭を完全に空っぽにします。
3. 考えが浮かんだら、呼吸に意識を引き戻しましょう。
4. 呼吸を続けながら、何も考えないようにします。
5. 人生の中で無条件の愛を与えてくれた人を思い浮かべてください。無条件の愛は完璧な愛ではありません。痛みと傷を伴うこともあります。かつて一度でも見返りを求めず愛を与えてくれた人を思い浮かべてください。思いつかなければ、人生であなたが無条件の愛を与えた誰かを頭に浮かべてください。

6 その無条件の愛がもたらすあたたかさと満ちたりた感覚にひたりながら、ゆっくりと呼吸しましょう。無条件の愛の力を感じ、過ちと欠点も含めた自分のすべてが受けいれられて大切にされていることを感じてください。

7 あなたの大切な人を想い、無条件の愛を送りましょう。その人への贈り物は、誰かがあなたにくれたのと同じ贈り物です。それを受け取ることによって、大切にされ守られているという気持ちになります。

8 あなたの大切な人に無条件の愛を送りながら、あなたが無条件に愛され、受けいれられたときの感じをもう一度思い出してください。

9 不完全な自分が、大切にされ、守られ、愛されている感じをもう一度思い出し、知り合いのひとりを思い浮かべましょう。その人に無条件の愛を送ります。その人の幸福な人生を願い、苦しみが少ないことを願いましょう。心の中で抱きしめ、その人の未来を見ます。幸福を見ます。そのあたたかい感覚にひたりましょう。

仲の悪い人や、嫌いな人を思い浮かべます。人の行動は痛みの表れだと理解しましょう。ときに苦しみ、間違いを犯すような、欠点だらけの不完全な存在として見るのです。あなたに無条件の愛をくれた人を思い浮かべてください。その愛と受容があなたにどんな影響を与えたかを考えてみてください。それと同じ無条件の愛を、仲の悪い人や嫌いな人に送りましょう。

11

あなたが出会うすべての人を、あなたと同じように欠点のある不完全な存在として見ましょう。あなたと同じように失敗し、間違った道を選び、ときには他人を傷つけたりするけれども、愛されることを求めている、愛されるに値する存在として見ましょう。気持ちを込めて、彼らに無条件の愛を送ります。心の中で、彼らを愛とあたたかさをもって受けいれるのです。彼らの反応を気にする必要はありません。

大切なのは、心が開かれていること
開かれた心は他者とつながり、それがすべてを変える

5

お金がたくさん欲しい

夏も終わりに近づき、ルースが約束してくれた、人生を変えてくれる門外不出の最強のマジックを教えてもらうのを、僕は待っていた。まだどんなトリックかわからなかったけれど、これまで誰も見たことがないようなものすごいマジシャンに自分がなれるんだと想像していた。たいていのマジシャンはスカーフから鳩を取り出したり、帽子からウサギを出したり、いきなりトランプを広げたりする。イリュージョンの達人は、自分自身をパッと出現させる。何もない舞台の真ん中に魔法のように現れる。夏の初め、僕にはなんの希望も期待もなかったけれど、ルースは、魔法のランプから出てきて三つの願いをかなえてくれる魔人みたいに、欲しいものをなんでも出す方法を教えてくれると言った。

ルースがあと1週間でこの町から去ることになった。僕にはそれまでの6週間が永遠にも一瞬にも感じられた。四つのトリックを覚えるのに6週間なんてすごく長いような気がしたけれど、ふつう、この手のマジックをマスターするには何年もかかるし、練習を続けてこれから先もずっと人生の習慣にしなくちゃならないとルースは言っていた。僕はできるだけ店に行って、ひとつのトリックをできるようになるまで毎日練習し続けた。ひとつができるようになって初めて、ルースは次のトリックを教えてくれた。

ルースがいなくなったらどうしようとか、残りの夏休みをどう過ごそうかとか、そんなことは考えないようにしていた。学校が始まると思うと不安になった。心配ごとが浮かんでくるたびに、僕は呼吸を練習し、からだをリラックスさせた。心配は時間の無駄だとルースは言っていたけれど、僕は学校のことも、母さんのことも、父さんのことも、家賃の期限がくる9月の初めに家を追い出されるのかどうかも心配だった。家ではあんまりうまくいっていなかった。母さんはますますふさぎ込んでいた。父さんは飲み歩いて仕事に行かなくなり、またしてもクビになって、いまは家でたばこを吸いながらテレビを見るだけの生活だ。僕には家賃を払うと約束してくれたし、心配するなとも言ってたけど、そんな約束はあまり意味がなかった。僕は心配だった。追い出されるんじゃないかと心配だった。母さんが薬を飲みすぎるんじゃないかと心配だった。父さんがまた酒を飲みはじめて、なけなしのお金を持っていくんじゃないかと心配だった。部屋に戻って泣いている兄ちゃんも心配だった。僕は泣けなかった。僕がしっかりしてなくちゃいけない。酒場に父さんを探しにいくのも、父さんにお金を入れてくれと頼むのも僕だ。母さんがまた自殺を図ったら救急車に一緒に乗っていくのも僕だ。いじめっ子から兄ちゃんを守るのも僕だ。

家に帰る僕は、重いため息をつきながら、マジックショップのドアを出た。ニールがカウンターの後ろで僕に手を振った。その前の日、僕が店を出ようとすると、ニールがマジシャンだけの秘密の協会があることを教えてくれた。招待されないと入れなくて、マジシャン以外には秘密を明かしちゃいけないことになってるらしい。

「でも、君にはすごい秘密をひとつ教えてあげよう」とニールは言った。

「自分のマジックを信じるんだ。それが偉大なマジシャンの秘訣なんだ。偉大なマジシャンは自分が観客に見せるストーリーを信じてるし、自分自身を信じてる。イリュージョンや、拍手喝采や、手先の器用さなんて関係ない。自分を信じる力と、観客を信じさせる力が大切なんだ。観客を騙すのがトリックじゃない。マジックはペテンでも詐欺でもない。本物のマジシャンは、なんでも可能で、すべてが本物で、信じられないことが信じられる世界に、観客を連れていくんだよ」

どうして僕にそんなことを教えてくれるのか、ニールに聞いた。僕は秘密のマジック協会の会員じゃないのに。少なくともいまのところは。

「ジム、君はそのうち偉大なマジックをやるようになる。僕は知ってるよ。母も知ってる。でも君自身がそれを知らなくちゃならない。心からそれを信じる必要があるんだ。それがいちばん大切だし、すべてのマジックのなかで何より大事な秘訣なんだ。明日、最後のトリックの練習を始めるときに思い出してほしい。母がいなくなっても、そのことを憶えておいて」

ルースは大きなキャンドルに火をともし、奥の部屋の真ん中にある、テーブルというよりもテレビ台みたいな小さな台の上にそれを置いた。初めて見るろうそくだ。背の高い赤いガラスの円筒の外側に、茶色とオレンジの渦巻模様がついていた。中のろうそくは白くて、ガラス容器の3分の1くらいの高さで、渦巻模様のせいでろうそくの炎が動いて踊っているように見えた。ルースは部屋の照明を消して、薄暗い中でいつもよりあやしい雰囲気になった。

「なんのにおい?」ルースに聞いた。

「サンダルウッドよ。夢を見るのにいいの」

降霊術か、コックリさんでもやるのかと思った。ここに来た最初の日に戻ったみたいで、僕は興奮と緊張でドキドキした。

「座って」

ルースは笑顔で僕の肩に手を置いた。僕がこのトリックを心待ちにしていたことを知っていた。

ルースは僕の向かいに座って、しばらく僕の目をじっと見つめた。

「ジム、人生でいちばん欲しいものを教えて」

なんて答えていいかわからなかった。お金が欲しいことはわかっていた。これから先ずっと何も心配しなくていいくらいのお金。いつでも欲しいものが買えるだけのお金。みんなが僕の成功を認めて僕を真剣に受け止めてくれるだけのお金。僕が幸せになれて、母さんがふさぎ込まなくて、父さんが飲まなくていいだけのお金。

「できるだけ詳しく」

口に出すのが少し恥ずかしかったけど、とりあえず言った。

「お金がたくさん欲しい」

ルースはにっこりした。

「どのくらい？　具体的に」

どのくらいのお金があれば、そうしたことが全部かなうのか考えたこともなかった。全然わからなかった。

「充分なお金が欲しい」

ルースは小さく声を出して笑った。

「ジム、いくらあったら充分なのか、声に出して教えてちょうだい」

僕は考えた。学校のそばでシルバーのポルシェ911タルガをよく見かけた。きっと近くで働いているか、あの辺に住んでるんだろう。すごくかっこよかった。いつかあんなふうになりたかった。父親が建設会社をやっている友だちが僕を家に呼んでくれたことを思い出した。広い裏庭のあるお屋敷で、バカでかいプールとテニスコートがあった。その友だちの父親はプールのそばに寝そべって、ダイヤモンドのついた金のロレックスを腕からはずしてテーブルの上に置いた。僕がそれを見ていたら、触っていいよと言われた。すごく重かった。純金だと言っていた。失礼な質問だとも知らずに、いくらですかと聞いた。その人はまばたきもせず、6000ドルだと言った。1968年当時には、ものすごい大金だ。そんな大金を時計に使うなんて考えられなかった。いつかきっとあんな時計を持つようになるんだと自分に誓った。

テレビ番組の『ファンタジー・アイランド』を見たときは、島を持つのもいいなと思った。夢見るだけならタダだ。捻れた前歯を直して、バカにされたり恥ずかしい思いをしなくてすむようになりたかった。テレビで見た高級レストランにも行きたかった。自分の名前がついた場所ができるくらい、金持ちになりたかった。それが全部かなったら大丈夫だと思えるはずだ。そう、いちばん欲しいのはそれだった。これで大丈夫だ、と思いたかった。

「たくさん。なんでも欲しいものが持てるくらい充分なお金」

ルースはすぐにこう聞き返した。

「いくらなら充分なの?」

200万ドル、と言おうと思ったけれど、ルースに欲張りだと思われたくなかった。最後にこう言った。

「100万ドル。それだけあったら」

ルースは目を閉じてと言った。身体をリラックスさせた。頭を空っぽにするように言った。そして心を開きなさいと言った。心を開くというのがまだよくわかっていなかったけれど、うなずいてひととおりやってみた。

「さあ、ジム。充分なお金を持っているあなたを想像してみてね。頭の中に100万ドルを思い浮かべて」

最初に見えたのは、お金でいっぱいの部屋だ。床から天井まで札束がぎっしりと積み上げられている。何が見えるかと聞かれて、僕はそう話した。

「ジム、お金を見ないで。充分なお金を持っているあなた自身を見てほしいの。わかる?」

「よくわからない」

「二通りのやり方があるの。ひとつは自分の映画を見るようなやり方。もうひとつはあなたの目を通して広い世界を見るやり方。100万ドル持っていたら世界がどんなふうに見えるかを想像してみて。億万長者の目で世界を思い描いてみて。欲しいだけのお金を持っているあなたを想像して。何が見える？」

僕は目を閉じて、未来を思い描こうとした。ポルシェ911タルガが見えた。シルバーだ。でも自分の目を通しては、何も見えてこなかった。ポルシェを運転している自分の姿は見えたけれど、遠くからテレビを見ているような感じだった。高級レストランで食事をしている僕も見えた。お城みたいな豪邸も見えた。でもルースが言ったみたいに自分のものとしてそれを見ようとしても、見えなかった。何もかも映画を見ているようだった。それさえほんの数秒しか想像できなかった。

「簡単だと思ったのに。難しいね」ポルシェもそれに乗っている自分も、映画みたいに見えた。

「練習と、時間と、もっと練習が必要なの。そのうちに自分が運転してるような感じでポルシェが見えるようになるわ。革のハンドルを握った感触を思い浮かべて。どんなにおいがする？　どんな音がする？　速度計を見て、どのくらい飛ばしてるか教えて。外の景色はどうなってる？　昼かしら、夜かしら？　運転しているとき、どんな感覚がする？」

「それ、ぜんぶ想像しなくちゃいけないの？」

「すごく努力が必要だけど、それがトリックなの。あなたのものになった場面を目に浮かべることで、欲しいものが手に入るのよ。とてもシンプルだけど、すごく難しいの。わたしはね、この夏にランカスターに来るって思い浮かべたの。この店で息子と一緒にいる自分を見たわ。ガラスに日光が降り注いでる様子を思い浮かべた。ニールがわたしの手を取ってくれるところも。男の子がわたしに話しかけるのも見た。頭の中にそれをすべて思い描いて、本当だと考えた。旅の計画よりもずっと前にね。どうやってランカスターまで来るかはわからなかったけれど、この夏ランカスターにいるって信じてた。頭の中でわたしはもうここにいたの」

「僕が見えたの?」

「男の子と一緒にいる自分が見えたわ。そのときは孫だと思ったの。でもそうじゃなかった。わたしが一緒にいるべきなのは、あなただったのよ。いい? ジム。この旅を想像する前に、わたしは心を開いてた。心を開いて、わたしを必要とする誰かと同じ場所にいる自分を思い描いてた。そして、そうなると信じてた。いつも思ったとおりにいくとは限らないけど、なるようになるものよ。どうしてわたしがあなたと一緒に過ごすことになっていたのかわからない。でも必ず理由があるの。孫と一緒に過ごすべきときには、きっとそうなる。ジム、こんなことわざがあるの。『生徒に準備ができると、先生が現れる』準備ができていたのは、あなただったのね」

ルースの私生活について僕は結局あまり知ることはなかったけれど、このときから45年後に、ルースがあの翌年の1969年の夏に、ランカスターから100マイルほど離れたイザベラ湖で孫のカーティスと一緒に過ごすことができたと知った。ルースはあのマジックを成功させていた。僕がそうだったように、おそらく孫にも準備ができたからなんだろう。

その日、家に帰る僕に、ルースはそれまでに教えた三つのマジックを練習するように言い、とくに心を開くことに注意して、僕が人生で何をしたいかを書き出すように言った。「10個書き出してね。何を生み出したいか考えて。どんな人間になりたいかを書き出すの。それを明日持ってきてちょうだいね」

「願いごとは3個と思ってた。10個じゃなくて」

「ジム、空のお星さまくらい、いくつでも願いごとはかなえられるわ。でもまずは10個から始めるから、明日持ってきてね」

書く宿題はそれまでなかったけど、僕は言われたとおりにした。

1　アパートを追い出されない
2　クリスとデートする
3　大学に行く

4　医者になる

5　100万ドル

6　ロレックス

7　ポルシェ

8　豪邸

9　島

10　成功

翌日、ルースにそのリストを手渡した。ルースはそれを読んだ。「ふーん」としか言わなかった。

「何？」

「リストをつくる前に心を開いた？　わたしが言ったみたいに」

僕はうなずいた。ルースに嘘をつくつもりはなかったけど、心をどうやって開いたらいいのか僕はよくわからなかった。ルースが教えてくれたことのなかで、そこはわかった気がしなかったけど、欲しいものを何でも手に入れる方法を早く習いたくてうずうずしていたので、そのことを聞いたり、後戻りしたくなかった。リストに書いたことを実現させる方法を習うのに、あと6日しかなかった。

「お医者さんになりたいなんて、知らなかったわ」

4年生のときに「仕事の日」というのがあって、町の人が来て仕事について話をしてくれた。消防士とか会計士とか、保険のセールスマンとかが来ていた。僕はあまり興味を持てなかった。消防士はちょっとかっこよかったけど、火事が起きるのを待ってる時間がほとんどだって言っていた。次の人は違っていた。僕たち一人ひとりにほほ笑みかけてくれた。その人はお医者さんで、子供だけを診る小児科医っていう仕事だった。

「病気の人をお世話する仕事、とくに子供たちをお世話するのは、光栄でありがたいことなんだ。この仕事ができるのは、すごく特別なタイプの人だけだ。わたしは子供の頃ひどい喘息持ちで、死ぬところだった。母がお医者さんに連れていってくれて、そのときのお医者さんの笑顔をいまも憶えている。その人を見た瞬間、助かったと思った。そのとき、お医者さんになろうって決めたんだ」

生徒の前に立って仕事の話をしているその人は輝いていた。

「でも、これはただの仕事じゃない。天職なんだ。誰にでも向いているわけじゃない。9時から5時までの普通の仕事をはるかに超えてできる人じゃないとだめなんだ。頼ってくれる人のために長い時間働かなくちゃならないし、失敗したら患者さんが死んでしまう」

僕は教室を見回して、クラクラするほど感動している子がほかにいるかどうかチェックした。口を開けたままその人を見つめていた僕に気づいたらしく、話が終わって休み時間に入ると、その人が僕のところに来て名前を聞いた。

僕は本を読むのは好きだったし、得意な科目もいくつかはあったけど、優等生じゃなかった。なぜ勉強するのかもわからなかった。両親は勉強しろって言っていたけれど、勉強する場所もなく、必要なときに手助けしてくれる人もいなかった。テレビがけたたましく鳴っていたり、誰かがけんかをしたりしているなかでは集中できなかった。先生は、頭のいい生徒やいつもきちんと準備している生徒だけに関心があるようだった。僕が遅刻しても宿題ができていなくても、理由を聞かれたことはなかった。僕が口を開くのは冗談を言うときだけで、それでトラブルに巻き込まれることもあれば、無視されることもあった。でもこの人には、聞きたいことが山ほどある。

「人が死ぬのを見たことある？　生まれるところは？　注射はするの？　子供が泣いたらどうするの？」

小児科医の生活についていくつも脈絡のない質問をすると、一つひとつていねいに答えてくれた。帰り際には、まるで大人にするように握手をしてくれた。

「いつか君もお医者さんになりそうだね」

大学に行くことも、医師になることも、僕には月面歩行くらい不可能なことに思えたけれど、その人は冗談を言っているようには見えなかった。その人は僕の目をまっすぐに見つめて言った。

「君は思いやりのある子だってわかったよ。すごくいいお医者さんになる。無理だなんて思わないで」その人は振り向きながらもう一度僕に笑いかけて、部屋を出ていった。

「無理だなんて思わないで」

僕は何度もその言葉を頭の中で繰り返していた。その意味はよくわからなかった。無理だなんて思ってない。というより、自分が何かになれるなんて考えたこともなかった。

でもその瞬間、家族の誰も大学にさえ行ってないのに、僕の仕事はこれだと決めた。医者になるんだ。すると、テレビのベン・ケーシーみたいに病院内の放送で呼び出しを受ける自分が目に浮かんだ。そういえばベン・ケーシーも脳神経外科医だった。偶然？　どうだろう？　でも、僕の心の目には、いまだにはっきりとその姿が焼きついているし、その院内放送も聞こえる。

ルースに言った。「そう、お医者さんになりたいんだ」それから言い直した。「僕は自分が医者になるって知ってるんだ」どうやって実現するかはまったくわからなかったし、大学に行くことさえ頭になくて、医学部なんて想像もつかなかったけれど、その瞬間、そうなることを確信した。

ルースは手を叩いた。まるで僕が何かすごい偉業を成し遂げたみたいに。

「それよ。それなのよ」

「何が?」

「知ってるってこと。お医者さんになるって知ってて、もうお医者さんになったみたいに頭にその姿が描けるってことよ。お医者さんの目で世界を見るってこと」

僕は目を閉じて試してみた。難しかった。自分の白衣をしげしげ見ている医師の姿をぼんやり思い浮かべるのがやっとだった。

「あんまりよく見えない」

「だからまずからだをリラックスさせて、頭を空っぽにしなくちゃならないの」ルースは最初の練習をもう一度やってくれた。「さあ、注意力が戻ったわね。今度は意志を働かせるの」

「え、何?」目を開けた。

「意志よ。からだを緩めて、頭を空っぽにして、心を開いたら、はっきりとした意志を掲げやすいの。お医者さんになりたいのよね。すごくはっきりしてるわよね」

僕はまた目を閉じて考えた。僕は医者になる。はっきりと決めている。医者になるとはっきり決めている。どの言い方がいいかわからなかったので、ひととおり唱えてみた。

「今度は窓の外を眺めているところを想像して。窓は曇ってる。車の中で外が寒いときみたいにね。意志っていうのは霜取り装置みたいなものなの。何度も何度も意志を掲げているうちに、だんだんはっきりと見えてくるわ。曇りがどんどん取れていくみたいに。窓の向こうにはお医者さんになったあなたがいる。窓の向こうのその姿がはっきりしてくるにつれて、そのイメージが現実になる可能性が高まるの」

何度も何度も試していると、最後に窓の向こうに白衣を着た僕が見えた。

「これをずっと続けるのよ。毎日毎日。何週間も。何カ月も。何年も。窓の向こうにはっきりと見えたら、それが現実になる。その窓越しのあなたの姿や、その人が持っているものを思い描けば描くほど、早くそうなるの」

「本当に？　このマジック、ほんとに成功するって約束する？」

「ええ、するわ。わたしが嘘ついたことなんてないでしょう。いまさら嘘を言ったりしないわ。でも、努力が必要よ。かなえるのに長くかかるものもある。それに、あなたが望むかたちでそれがかなうとは限らない。でも約束するわ。リストに書いたことはすべて、心で感じたことはすべて、頭で考えて想像したことはみんな、それを本当に信じて一所懸命努力すれば、必ずかなうわ。まず思い描いて、それから追いかけないといけないの。部屋の中で待ってちゃだめ。いい成績を取らなくちゃいけないし、医学部に行って、お医者さんになるための勉強をしなくちゃいけない。でも、不思議なんだけど、あなた自身がそれを引き寄せて、自分が想像したものになるの。頭と心を使えば、それができる。約束するわ」

その夜、家に帰って、ルースがその夏教えてくれたことを忘れないようにぜんぶ書き留めることにした。宝物の箱からノートを取り出した。白紙のページのいちばん上に、「ルースのマジック」と書いた。ページをめくって、からだを緩めること、頭の中の声を止めること、心を開くこと、意志を掲げることについて、習ったことをぜんぶ書き出した。さっぱり意味がわからないことでも、覚えているルースの言葉をすべて書き留めた。余白や隅っこに注意書きも入れた。何も忘れたくなかった。10個の願いごとも書き写した。

願いごとの一番目を読んでみた。「追い出されないこと」

最後のトリックについてルースが言ったこともすべて読み返した。欲しいものを考えて、自分の意志を何度も何度も繰り返し、はっきりと頭にその姿を思い描く。欲しくないものは考えちゃいけない。アパートから追い出されないことをどう思い描いたらいいのか、わからなかった。

前にも追い出されたことがあった。警察が来て母さんに退去命令を渡し、家主に雇われた人たちが家の物を外に出した。そのことを何度も思い出したくなかったけれど、頭の中で起きている出来事が起きないように想像するにはどうしたらいいんだ？　アパートの人や友だちが、追い出される僕たちを見ていた。行くところもなかった。ホームレスのシェルターに連れていかれて、持ち物はみんなゴミ箱に捨てられた。そのことはもう二度と思い出したくなかった。つらすぎた。

ルースが言ったことを思い出して、その逆を想像することにした。ルースと一緒でないときは、家族と家に一緒にいる光景を毎日何時間も目に浮かべた。家賃を払っている僕たちを見た。幸せな僕たちを見た。心の窓から曇りを取った。

それでも、ときには警官がドアを叩く姿が目に浮かんだ。恐ろしいノックの音だ。大きくて乱暴で無視できない。そのノックの意味を僕は知っていた。家賃支払いの日が近づいてくることもわかっていた。ルースは町を去り、僕には家がなくなる。両方のイメージがわいてきたけれど、僕は毎日窓の曇りを拭き、母さんが家賃を払う姿とアパートに住み続けている僕たちを何度も思い浮かべた。頭の中でこう繰り返した。

「家賃は払える。僕たちは追い出されない」

ルースと僕はその週の最後の最後まで練習を続けた。医者になった僕の姿を思い浮かべるようにルースが導いてくれて、僕は家に帰って家賃が払われる光景を思い浮かべた。父さんはずっと前にやった仕事のお金がいくらか入ると言っていたけれど、僕は信じていなかった。前にもそんなことを言っていた。立ち退きがせまっていたけれど、僕は自分が持ち合わせているたったひとつの力で闘った。ルースのマジックだ。

土曜の朝、ルースにさよならを言った。ルースはしばらく僕を抱きしめていた。

「あなたを誇りに思うわ、ジム」

「ありがとう」と僕は言った。

「いろいろ教えてくれてありがとう」

さよならはぎこちなかった。もっと大ごとかと思ってたけど、そうでもなかった。ニールはお客さんがいたので僕に手を振っただけだった。ニールが店を閉めて空港に送ってくれるまでルースは店で待つと言っていた。そんな感じだった。僕は自転車に乗って家に帰った。

玄関でノックの音がしたとき、僕は自分の部屋にいた。ビクっとした。ルースがいなくなったことを考えていたところだった。もう一度ノックの音がした。怒っているようなしつこい音だった。胃がひっくり返りそうになって、心臓がドキドキしはじめるのを感じた。足が床に張り付いたみたいになった。またノックがはじまった。母さんは寝ていたし、父さんと兄ちゃんは家にいなかった。僕が出なくちゃならない。ほかに誰もいない。

きっとパトカーが表にあって、おまわりさんが玄関の外にいるだろうと思いながら、台所の窓から外を見た。そこにいたのは、男の人だった。スーツを着ていた。僕がドアを開けるとその人は僕を見て、お父さんはいますかと聞いた。

「いません」

「お父さんに支払いが遅れて申し訳なかったと伝えていただけますか？　この封筒を渡して、待ってくださってありがとうとお伝えください」

男の人は僕に封筒を渡して、行ってしまった。僕は玄関を閉めて、手の中の封筒に目を落とした。表に名前と住所が書いてあった。裏を見た。糊付けされてなかったので、中を見るとお金がたくさん入っていた。

僕は寝室に走っていって、母さんに封筒を渡した。母さんは封筒を開けて、ゆっくりとお金を数えた。3カ月分の家賃とそのほかの支払いをすませてもまだ食べ物が買えるくらいの金額が入っていた。

信じられなかった。あのマジックが効いた。ほんとに成功したんだ。

「行かなくちゃ！」大声で母さんにそう言った。

自転車に飛び乗って急いでマジックショップに戻った。ちょうどルースがニールと店を出るところだった。

「ルース！　ルース！」僕は叫んだ。

舗道で二人が立ち止まった。

「戻ってきてくれてよかった」ニールが言った。

「もっと前にあげようと思ってたんだ」店の袋を僕に手渡した。

「母がいなくても店に寄ってくれていいからね。いつでもおいで」

僕はありがとうと言い、ニールは車の方に歩いていってルースを待っていた。

僕はルースの目をのぞき込んだ。

「あれ、ほんとに効くんだね」涙が浮かんだ。「あのマジック。本当なんだね」

自転車に乗ったままの僕を、ルースはしばらく抱きしめていた。

「そうよ、ジム。そうなの」

ルースは僕から離れて車の方に行きかけて、戻ってきた。

「もうわかったでしょ？　違う？　あなたの中にある力がわかった？　あなたは学ぶ準備ができてるし、あなたを教えられて本当にうれしかった。どんな人にも力があるの。それを使う方法を学ばなくちゃならないだけ。でも忘れないでね。わたしが教えたマジックには威力があるの。いい方に使えばいいけれど、準備のできていない人がその力を使うと誰かを傷つけたり、痛みを引き起こしたりするの。それと、これも覚えておいて。現実をつくるのは、あなたの考えよ。あなたがやらなければ、誰かがあなたの現実をつくることになる」

ルースを乗せた車が行ってしまうのを僕は見送った。あの最後の瞬間のルースの言葉を理解したつもりだったけれど、充分に理解していなかった。ほど遠かった。ずっとあとになってそれを思い知ったけれど、僕は、ルースが言っていた「準備のない人がその力を使う」ことをやってしまった。僕には準備ができていなかった。

ニールがくれた袋の中をのぞいてみた。プラスチックの親指カバーと何組かの違う印の入ったトランプが入っていた。

ニールのことを考えた。袋を閉じた。彼のマジックはすごく好きだったけど、ルースが教えてくれたマジックとはくらべものにならなかった。僕が教わったのは、トランプや親指のトリックよりはるかに強力だった。これで欲しいものが手に入る。欲しくないものはわかっていた。貧乏はいやだ。お金があってきれいな家に住んで、高級車に乗っていい仕事をしている人たちに見下されるのもいやだ。僕はすべてを手に入れてやる。もう誰にも僕をバカにさせない。医者になるんだ。みんなが一目置く人間になる。100万ドル稼いでやる。強い人間になる。成功してやる。その方法も知っている。ルースが教えてくれたこのマジックはそれまで想像したどんなものよりすごかった。しかも、ずっと僕の中にあった。僕が知らなかっただけだった。僕は心を鍛える。練習する。努力して、必要なことは何でもやる。僕の中にそれがあるってわかったから。

アパートからは追い出されなかった。それが証明だった。ルースのマジックは本物だし、強い力がある。僕はリストの一番目を消して、残りもぜんぶかなえられると確信した。

僕はランカスターの町が大嫌いだった。もちろん、家族のことがあったからだった。でも、もしランカスターに住んでいなければ、すごいことをかなえてくれたあのマジックを習うこともなかった。僕はあのときあの場所にいて、あの人に会えたことに感謝している。僕の脳をあのマジックで変えてくれたのは、ルースだった。

ルースに会う前は、自分が負け犬で、人生なんて運ですべてが決まる不公平なものだと思っていた。重要な人物になれるなんて思ってもいなかったし、両親の生きてきた小さくて悲惨な世界を逃れられるとも思えなかった。ルースに出会って、僕は世界を違う目で見るようになった。自分を違う目で見るようになった。世界は限りない可能性に満ちていると信じるようになった。欲しいものを何でも生み出せる気がして、それが僕に力と目的意識を与えてくれた。僕は心の力に触れ、その力を使いたくてうずうずしていて、誰にも、何にもそれを邪魔させるつもりはなかった。

ルース
の
マジック

なりたい自分を描く

静かな部屋に座り、目を閉じます。

目標や成し遂げたいことを思い浮かべてください。細かいイメージが浮かばなくても大丈夫です。その目標や夢が誰かを傷つけたり、悪意のあるものでなければいいのです。このテクニックは悪意ある目標をかなえる助けにもなりますが、それは結局、自分に痛みや苦しみをもたらし、自分を不幸にします。

3 全身を完全にリラックスさせます。（ルースのマジック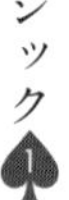）

4 リラックスできたら呼吸に集中し、頭を完全に空っぽにします。

考えが浮かんだら、呼吸に意識を戻しましょう。

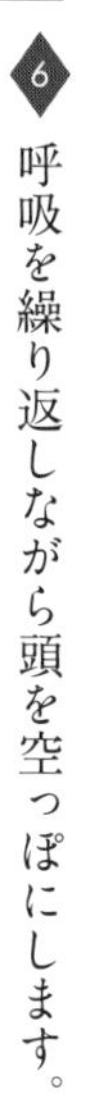
6 呼吸を繰り返しながら頭を空っぽにします。

7 目標や願いを考え、それを達成した自分を思い浮かべてください。ゆっくりと呼吸しながら、そのイメージを浮かべ続けます。

8 目標を達成したり、願いをかなえたときのよろこびを感じてください。願いを現実にしたときのうれしい気持ちを感じましょう。目標を達成した自分を思い浮かべながら、前向きな感情にひたります。

9 目標を達成した自分が見え、うれしい気持ちにひたったら、具体的なイメージを付け加えてみてください。あなたはどんな姿をしていますか？　どこにいますか？　周りの人の反応は？　できるだけたくさん具体的なイメージを加えていきましょう。

10 日に一、二度かそれ以上、10分から30分これを繰り返します。毎回、目標を達成した自分の姿から始めます。感情にひたりましょう。そのたびに、細かいイメージを付け加えていきましょう。最初はぼんやりしていても、練習を重ねるごとにイメー

ジが鮮明になってきます。

⑪

練習を重ねるごとに、無意識の心がなりたいものをはっきりと浮かび上がらせ、イメージが鮮明になっていきます。その発見にあなたは驚くでしょう。どんなふうに目標を達成させたかに驚くこともあるでしょう。大切なのは意志で、どう達成するかはそれほど考えなくてもいいのです。

なりたいものを鮮明に描くことで、想像が現実に

Part

脳の不思議

6 いいことのなかった町を出る

もし僕の人生がテレビドラマなら、たとえば1970年代に放送がはじまったABCの放課後スペシャルの一話だったら、ルースの魔法のおかげで立ち退きを免れたあと、人生は劇的に変わっていたはずだ。父さんは酒をやめ、母さんは鬱の闇から抜け出し、お金が魔法のようにいつも玄関に届けられ、僕たちは『愉快なブレイディ一家』顔負けの完璧な家族としてずっと幸せに暮らしていただろう。

でも、ルースのマジックはそんなふうにはうまくいかなかった。僕が願いごとをするたびに、魔法のランプから魔人が出てきて、その場でかなえてくれるなんてことはなかった。僕の家族は魔法みたいには変わらなかった。父さんは相変わらず酔っぱらっていた。兄ちゃんはまだ引きこもっていた。母さんは鬱と発作に苦しんでいた。僕はマジックを教えてもらったけれど、練習が必要だった。魔法を完成させるのは僕だった。そして不可能が可能になると信じ続けなくちゃならなかった。僕は自分の新しい現実をつくるようがんばれたけど、どんなに念じても愛する人たちを変えることはできなかった。彼らの現実を変えるのは彼らにしかできない。子供がつらいのはそこだ。誰かに頼らないと生きていけなくて、それはどうすることもできない。ほかの人の選択によって深く傷つき、その傷がいつまでも残ることもある。

僕は誰の現実も変えられないかもしれないけれど、自分の現実は変えられると知っていた。あのリストに書いたことはぜんぶかなうと知っていたし、ルースが行ってしまったすぐあとに、あれを完璧に暗記して、デール・カーネギーの本やニールからもらった手品の種と一緒に宝物の箱に入れた。ルースが教えてくれたことをぜんぶ書き留めた小さなノートもその箱にしまっておいた。

僕は毎朝毎晩、くる日もくる日も、何週間も何カ月も練習した。たとえばアスリートが完璧なジャンプシュート、ホールインワン、センターを高く越えていくホームランを思い描くことで、実際に身体機能を変え、筋肉を新しいやり方で動かせるような脳の神経パターンをつくり上げていくように、僕は頭にイメージを描くことで脳内に新しい神経回路をつくろうとしていた。脳は強烈な想像上の体験と現実の経験を区別しない。僕は大学やメディカルスクールを受けるはるか以前に、医師になった自分を思い描くことで、そのときのために心を鍛えていた。脳のもうひとつの不思議なふるまいは、見慣れないものより慣れ親しんだものを必ず選ぶということだ。未来の成功を思い描くことで、僕はその姿を脳に慣れ親しませていた。

意志とは不思議なもので、脳が強く思い描いたことを、実際に見るようになる。ある車を買おうと思っていると、それとまったく同じ車をあちこちで見かけるようになった経験はないだろうか。あなたの意志でその車がいきなり現れたのだろうか。それとも脳がそれに意識を向けたから、いつも目の前にあったものがやっと見えるようになったのだろうか。「望んだものが手に入る」なんて言うと、気分を上げてくれるニューエイジのスローガンみたいだが、これは神経科学と脳可塑性の強力な例でもある。意識を向けることには大きな力がある。それは本当に脳を変え、灰白質の中の学習や成果や夢の実現を助ける部分を強化する。ルースは、僕が人生に望むことに注意を向けるよう教えてくれた。貧乏なままの生活を望むのか？生活保護を受け、酒飲みの家庭に育ったから人生なんてどうでもいいと考えるのか？住む場所や両親のせいで、自分にたいした価値がないと思うのか？

ルースは、誰も面倒を見てくれない貧しい子という自画像から僕の意識を逸らせて、心がいちばん欲しているものに集中させた。お金。ロレックス。成功。ポルシェ。医師。それが僕の新しい家族だった。僕は前頭前野のシナプスと細胞にそのイメージを刻み込んだ。前頭前野は人の実行機能を司る。計画、問題解決、判断、理由づけ、記憶、意思決定だ。それは感情的な反応を抑えることを助け、悪い習慣を克服したり、賢い選択をすることを手助けしてくれる、心について考えさせてくれるのが、脳のこの領域だ。ルースが教えようとしていたのが、それだった。共感や人とのつながりを感じさせてくれるのもここだ。ルースは人生で欲しいものをなんでも手に入れる方法を教えてくれて、僕は夢見た未来を実現することに集中した。大学とメディカルスクールに入るために何が必要なのか、細かいことは何も知らなかったし、その方法についてはすっかり頭から抜けていた。でも意志を掲げることはそれ自体がある種のマジックで、あの夏以来、宇宙はいつも僕に必要なものを与えてくれるような気がしていた。

もちろん、高校での生き残りということでいえば、そんな宇宙からの贈り物はどこにも見当たらなかった。いまになって振り返れば、最終的になりたい自分になったときの人生を思い浮かべるかわりに、高校でうまくやることに目標を置いて、一度にひとつのことだけに集中すべきだった。

高校時代はぼんやりと曇ったままで過ぎていった。すごくよくできた科目もあったけれど、すれすれで通ったものもある。大学やメディカルスクールに行くために何が必要なのかを、僕ははっきりイメージできずにいた。それに、どうやって助けや指導を求めたらいいいかも知らなかった。頼めば助けてくれる人がたくさんいたと気づいたのはあとになってからだ。その頃はまだ自分が独りぼっちだと思っていたし、どうやって頼んだらいいのか、何を頼んだらいいのかもわかっていなかった。子供にとって、指導してくれる人やアドバイスをくれる人がいるかどうかは、人生の成功を左右する。わからないことはやれない。

高校時代にスポーツをしたくて、1年生のときにアメフト部とバスケ部と野球部の入部テストに受かったけれど、運動部にはお金と親のサポートが必要で、僕にはそのどちらもなかった。練習に送ってもらう足がなかったり、家で母親の面倒を見なくちゃならなかったり、金曜の夜にバーに父親を探しに行って試合に出られなかったりする僕が、部員でいるのは難しかった。みんなで同じユニフォームを着てひとつの目標に向かう運動部の一体感が好きだった。結局、高校では優秀なスポーツ選手に贈られるエンブレム入りのジャケットはもらえなかった。すごく悔しくて、3年生のときにあの10項目のリストを取り出して、こう書き加えた。

「大学の運動部で表彰される。ジャケットを手に入れる!」

箱にしまい込んだあのリストが、人生の失望や不公平を冷静に受け入れる助けになってくれると信じていたし、毎晩からだをリラックスさせて心を落ち着けていると、学校と家庭の不安が和らいだ。僕は頭の中に存在する未来に向かって生きていて、そのほうがカビくさくてたばこの煙が漂う狭いぼろアパートで生きるよりはるかに楽しかった。ルースのマジックを練習するときと寝るとき以外は、なるべく家にいないようにした。

警察体験実習に応募したのも、家にいたくない一心からだった。その実習に参加するには、15歳以上で、高校の評定平均が2以上で、モラルの高い生徒という資格が必要だった。12週にわたって毎週土曜日にロサンゼルスの警察学校に通い、職務執行のために必要なことを学んだ。地域のパトロール、刑事手続き、正当防衛、銃の安全な取り扱いを学び、身体能力の訓練も受けた。参加者はみんな同じカーキ色のシャツと深緑のズボンを身に着けた。運動部とはちょっと違っていたけれど、ユニフォームを着て、自分より大きな何かの一部になれた。土曜日に行く場所があるのもよかった。訓練を終えたら正式なメンバーとして、地元警察署で警官と一緒にいろいろな役目に就くことができた。パトカーで地域を回って通報に応えたりする日もあった。パレードや高校のアメフトの試合や独立記念日の花火大会などのイベントで雑踏警備を担当することもあった。留置場の中で警官と一緒に逮捕者の収監手続きを手伝ったりもした。

ある土曜の夜の僕の担当は、ランカスター警察署内の留置場だった。看守を助ける仕事だったので、鍵を預かった。僕はズボンのベルト通しに誇らしげに鍵をぶら下げて、大物犯罪者の一斉検挙を待っていた。犯罪者でいっぱいの留置場の外に立ち、彼らの命運を握る自分の姿を想像した。その特別な鍵を持つと偉くなった気がしたけれど、ほとんどの夜は僕の雄姿を見てくれる人は誰もいなかった。

書類や報告書の山を整理して、自動販売機で買ったコーラを何本か飲み、じっと座ったままでこの仕事は退屈だなと考えていた。シフトが終わる直前に、収監エリアの外にパトカーがとまる音がして、手錠をされたよれよれの男をパトロール中の警官が連れてきた。顔は見えなかった。酔っぱらっていて、ろれつが回っていなかった。心臓がドキドキしはじめた。やった。この犯罪者を僕がいまから留置場に入れてやるんだ。警官がその男と僕の前を通った。男はうなだれていて顔は見えず、よろよろと足がもつれていた。指紋を取って手続きを終えたら、留置場にぶち込むことがわかっていたので、僕は鍵を取り出した。その犯罪者は机の向こうに座らされ、そのとき初めて顔を上げて僕を見た。

父さんだった。父さんは混乱して怒っていて、ものすごく酔っぱらっていた。僕は胃がひっくり返りそうだった。急いでそこを離れて、ファイル棚の方に戻った。すごく恥ずかしかった。僕は実習の応募書類に自分のモラルの高さについて得意になって書いていた。僕のことをみんなどう思うだろう？　家族の質問にはすごく曖昧に答えていて、警察の人たちは僕がどれほど貧乏かも、父親が何度も留置場に入ったことのある怒りっぽい酒飲みだってことも知らないはずだと思っていた。この実習に参加した理由には、自分が家族とは違うことを証明したいという気持ちもあった。

僕はファイル棚の引き出しを開けて、中のファイルをただ見つめた。魔法の鍵で、僕自身をこの場所から消してしまいたかった。どこにいっても、自分が誰で、どこから来たのかということから逃れないのはなぜだろう?

肩に手を感じて見上げると、僕の指導警官が立っていた。

「君も大変だな」

僕の父親のことをずっと知っていたんだとそのときに気がついた。顔が火照るのを感じて、下を向いた。泣くもんかと思ったけれど、どうしていいかわからなかった。僕が父さんを牢屋に入れなくちゃならないんだろうか?

「お父さんを連れてきた警官と話したよ。事件にはしないから。しらふになるまで待って家に送ろう」

僕はうなずいて、もごもごとつぶやいた。

「ありがとうございます……」

消えてしまいたかったけれど、指導警官はまだ僕の肩に手を置いて立っていた。

「ジム」静かな声だった。

僕は上を向いてその人の目を見た。僕を咎めるのだろうか。それよりつらいのは憐れまれることだ。でもどちらでもなかった。その瞬間、「何かが壊れていても、すべてが壊れてるわけじゃないのよ」と言ったルースの言葉を思い出した。父さんや貧乏や僕が持っていないもののせいで、人は僕を見下すんだとずっと思い込んでいたけれど、肩に置かれた警官の手を感じ、その目にいっぱいのやさしさを見た僕は、そうやって自分自身を判断していたことに気がついた。僕は貧乏だ。父さんはアルコール中毒だ。でも僕は壊れていない。何かが壊れているからといって、すべて壊れているとは限らない。僕が壊れてるわけじゃない。

「はい」指導警官に言った。

「早退するかい？　それとも、このまま最後までシフトを続けるかい？」

「最後までやります」

そう言った瞬間、僕は確信した。父さんには父さんの道がある。僕には僕の道がある。

指導警官は僕をもう一度見た。

「ジム、わたしの父もひどい酒飲みだった。君の気持ちはわかるよ」

彼は最後に僕の肩をもう一度ぎゅっとつかんだあと、振り向いてドアから出ていった。

アルコール依存症の家に育った人間は、だいたい二つのタイプに分かれる。片方は、トラウマと遺伝が組み合わさって自分も依存症になるか酒飲みになる。もう片方は、家族とは違う人間だということを証明するため、またそこから逃げるために、がむしゃらにがんばってしまう。僕は二番目のタイプだった。警察の体験実習に参加したのも、それが理由だった。モラルの高い人たちの選ばれた集団に入れば、偉くなれるような気がした。周囲を納得させたかったのか、自分を納得させたかったのかはわからない。

父が逮捕されたときもそうだったけれど、二つのまったく違う世界がときに衝突してしまうのは防げなかった。実習のなかで、クリスマスの季節にバスケットに食糧を詰めて貧しい人たちに配る仕事を任されたことがある。僕たちは大きな籐のカゴにかぼちゃの缶詰と料理用の食パンとサツマイモと、主役の特大七面鳥を詰め込んだ。クリスマスの数日前に警官たちが町を回ってそのバスケットを配った。

僕は配達係じゃなかったけれど、ドアを叩いてバスケットを渡したときの話を聞くのが好きだった。泣く人もいたし、「七面鳥なんて見たことない」って顔をする人もいたという話も聞いた。

バスケットの手伝いをすると気分がよくなった。何日も、ときには何週間も気分が上がったままだった。ルースが教えてくれたとおりに心を静める練習をしたときと同じ気分だった。ルースのトリックは僕の日常の一部になっていた。誰にも言わなかったけれど、毎朝毎晩、全身をリラックスさせ、心を落ち着け、人生で欲しいものと自分のなりたい姿を思い描いた。でも、心を開く練習はやらなかった。あのトリックは難しかった。自分に愛を送るのは難しかった。僕はなぜか自分の状況が自分の責任だと思い込んでいた。そのために自分にも他人にも無条件の愛と共感を送るのは気がひけた。とりわけ僕をバカにしたり無視したり意地悪をした人にはそうだった。

近所の警察官が大きな籐のカゴを抱えてうちの玄関に近寄るのを見た僕は、カーテンの陰に隠れて母さんに出てもらった。僕はビクビクしていた。その年、うちにやってきそうな気がしていた。そのバスケットが必要な人間になりたくなかった。僕は詰めるのを手伝ったバスケットから母さんが品物を取り出すのを見ていた。そのバスケットは僕たちが貧乏だというしるしだった。僕は他人に頼りたくなかった。でもそのバスケットがなければ、僕たちはクリスマスに七面鳥を食べられない。僕がその贈り物を詰めるのを手伝ったことを、家族の誰も知らなかった。気分はよかった。そのバスケットを詰めたのが僕だったからではなく、父さんと母さんがよろこんでいるのを見て、そのバスケットがたくさんの人にすごく意味のあるものだとあらためてわかったからだ。施(ほどこ)しを与える側と受ける側の両方の立場に立つことはまれだ。そのクリスマスに、僕は与えるよろこびと受け取るよろこびの両方を学んだ。それはときに相反することだが、両方を知っていることが大人になってからの自分の人生にどんな影響を与えるかを、そのときの僕はほとんど知らなかった。

14歳から17歳まで、高校時代はずっと警察の体験実習に参加し続けた。それは僕に目的意識と居場所を与えてくれた。この二つと毎日のルースのマジックの練習によって、僕の中にかすかな化学反応が生まれた。恐れや不安や心配を感じることが無益に思えてきた。感情的に反応せずに、自分の考えと感じ方をしだいに観察できるようになっていった。自分がどんな人物になりつつあるのかはわからなかったけれど、もういままでの子供じゃないことはわかった。家族はただの家族になり、毎日僕に痛みを与える傷ではなくなっていった。自分が父とも母とも兄とも姉とも違うことが、はっきりと見えてきた。僕は僕だ。家族の行動は僕のものじゃない。兄と姉はどちらも苦しんでいたし、それぞれに従うべき運命があった。9歳年上の義理の姉は高校を中退し、若くして結婚して家を出て、ぎりぎりの生活をしていた。姉は2011年に慢性の免疫不全と肥満による合併症で亡くなった。兄はすごく頭がよかったけれど、同性愛を受けいれない時代と環境の中で、ゲイであることに苦しんでいた。人と違う兄はしょっちゅういじめられていた。

僕が高校生のときに兄はランカスターを出て、高校最後の2年間、僕はますます独りぼっちになった。でも、僕もランカスターに居続けるつもりはなく、いつか出ていこうと思っていた。僕の未来はどんよりと曇っていたけれど、夜になるといつも瞼の裏に鮮やかな色で浮かんできた。僕はルースの教えを絶対的に信じていたし、未来が急いで僕に会いにきてくれることを疑わなかった。

最終学年になって、そろそろ大学のことを考える頃だと思っていたものの、どこから始めていいのかわからなかった。両親は励ましてくれたけれど、僕が大学に行くと言っているからなんとなくそうなるだろうくらいにしか思っていなかった。進路指導の先生は大学の話を持ち出すことすらせず、ほんの少し話をしただけで、必要なら専門学校の情報をあげると言った。ミーティングの予定を知らされるまで、進路指導の先生がいることさえ知らなかった。いくつかの科目ではいい成績をとっていたけれど、全体的にはパッとしなかった。いい成績をとることがなぜ大切なのかがわかっていなかった。僕にとって学校は行かなくちゃいけない場所で、勉強でいい成績をとりたいという気持ちはあったけれど、いい点をとるための勉強や準備の方法を見せてくれるお手本はいなかった。家族の誰も宿題を手伝おうとは言ってくれなかったし、宿題をしなさいとさえ言われなかった。母はがんばってねとは言ってくれたけれど、それが具体的にどういうことなのかさっぱりわからなかった。周りに大学に行った人はいなかった。大学の学費なんてもちろんなかった。願書の出し方も知らなかった。それでも僕は、翌年絶対大学に行くものだと無邪気に信じていた。

進路指導のミーティングのあと、ほどなくしてのことだった。僕は誰に受験の相談をしたらいいかを考えていた。物理の授業で熱力学の3法則の講義を待っているとき、隣に座っているかわいい女の子が何枚もの書類に書き込んでいるのに気がついた。

「何やってるの？　それ何？」と聞いた。僕が何かのテストを受けそこねたのかと思ったからだ。

女の子は書類から顔を上げた。

「大学の願書を書いてるの」

僕は、さもわかっているふりをしてうなずいた。

「どこに行くの？」首を少し傾けてみたけれど、書類の学校名は見えなかった。

「カリフォルニア大学アーバイン校」と彼女は言った。

「そうなんだ」

アーバインがどこかもよく知らなかったけれど、ロサンゼルスの南のどこかだと思った。

女の子は少し笑った。

「入れるといいんだけど。来週の金曜が締め切りなの。絶対終わらないわ」

紙の上で彼女は手を振った。

僕は黙っていたけれど、心が急に焦りはじめた。締め切りだって？　願書に締め切りがあることも知らなかった。大学受験について何も知らないことに気づいて気持ちが揺らいだ。僕は締め切り前に間に合うだろうか？

「あなたはどこ行くの？」女の子が聞いた。

どう答えようかと一瞬考えた。

「僕もUCアーバイン」

どうしてそれが口をついて出たのかわからないけれど、そのときここが第一志望になった。UCアーバインについて何も知らなかったけど、ほかの大学についても同じだった。医師になるためには大学に行かなきゃならないことは知っていたものの、願書提出に締め切りがあることも、山ほどの書類を完成させなくちゃいけないことも、誰も教えてくれなかった。

女の子は僕を見て言った。

「もう願書は出したんでしょ?」

僕は一瞬彼女をじっと見て、嘘をついた。

「いやそれが、まだ応募書類を受け取ってないんだ。来月が締め切りだと勘違いしてた。願書が来るのを待ってたんだ」

すると、彼女は手品師みたいにもう一組の願書を取り出して言った。

「ラッキーね。余分な願書があるの。いる?」

「ああ、ありがとう」

僕は書類を受け取って、その晩家に帰って書き込んだ。成績証明書、推薦状、両親の税務申告書が必要なことに気がついた。それから3日間、僕はすべてをそろえるために走り回った。奨学金の応募書類を書き、学費が足りることを祈った。このとき自分の成績とテストスコアをじっくりと見て、合格者の評定平均とくらべてみた。絶対無理だ。いったいいままで何を考えていたんだろう？　ルースのマジックが助けにならないことに気が付いた。それに、受験料が払えない。でもとりあえず願書は送った。家に帰ってベッドに腰かけ、ルースのことを考えた。彼女が教えてくれたことをすべて思い出した。本当に効くんだろうか？　その夜から毎晩、僕はベッドに座って合格通知を受け取る姿を思い浮かべた。受けた大学はＵＣアーバインだけで、数カ月間音沙汰がなかった。そのあいだに僕たちは二度引っ越した。ＵＣアーバインから分厚い封筒がやっと届いたときには、外側にいくつも転送通知が貼られていた。僕はそれを自分の部屋に持っていき、ベッドの上に座った。ゆっくりと息を吸って吐いて、また吸って吐いた。ルースは正しいと信じていた。

もう何年も毎日訓練をして、大学を受けた。大きな白い封筒を見つめると、白衣姿の自分が見えた。これが、僕を医師にするという壮大な計画の次の段階だ。何が書いてあるかを信じて、僕は封筒を開けた。

〈カリフォルニア大学アーバイン校に合格おめでとうございます〉

僕の未来がやってきた。そう、ぼろいアパートを何度も転送されてきたけれど、未来が僕を追いかけて、とうとう僕を見つけてくれた。

「ルース、ありがとう。バイバイ、ランカスター」僕はつぶやいた。

僕は大学に合格した。信じられないことに、卒業までには成績もはるかによくなって、いくつかの少額の奨学金も受けられることが決まり、学費と寮と生活費を払えるくらいの資金援助を確保した。

僕は自由になった。


僕はいまだに人生で欲しいものを目に浮かべる。心の窓からそれを見ると、ぼやけていることも多いけれど、そのときが来れば必ずはっきりと見えるようになると絶対の確信を持っている。このプロセスは必ずしも直線的ではないし、僕が望むタイミングや、わかりやすいタイミングでは実現しないこともあるけれど、はっきりと思い浮かべられることはだいたい実現するし、実現しないときにはそれなりのもっともな理由がある。この数十年のあいだに、結果を信じることと結果にこだわることはまったく違うことを僕は学び、何を実現させたいのかを慎重に選ばなければいけないことを、つらい思いをして学んできた。また、人間の意志にはものすごい力があることも学んだ。

誰に価値があって誰に価値がないかを決め、それに従って望みをかなえたり贈り物を与えるような、人知を超えた強力な存在を、僕は信じたことがない。世界はランダムで、ありえないほど親切で素敵な人が突然痛ましい死を迎えたり、誰に対しても冷たくて意地悪な人が成功するのを何度も見てきた。でも、人はみな、その人が持つエネルギーで世界に大きな影響を与えられると僕は信じている。誰もが自分の脳、考え方、そして行動を変えられるし、運命だって変えられる。ルースのマジックから学んだのはそのことだった。頭と心のエネルギーを使って、欲しいものをなんでも生み出せる。もちろん必死にがんばらなくちゃならない。一貫した努力と意志が必要だ。僕だって、魔法の薬を飲んでいきなり脳神経外科医になったわけじゃない。でも、ティーンエイジャーの頃に、心をどう使うか、周囲の出来事にどう反応するかは、自分の選択しだいだと学んだ。もっと大人になってからは、他者に対して自分の心をどう開くかも自分しだいだと知った。その力と強いエネルギーを使ったときに生み出されるものを、物理法則ではきちんと説明できないかもしれないが、熱力学の第1法則はいまも憶えている。大学の願書をもらったあの日の物理の授業で暗記させられたものだ。

エネルギーは増えることも減ることもなく、かたちを変えてある場所から別の場所に流れる。それは、僕たちに与えられた贈り物だ。

宇宙のエネルギーは僕たちの中にある。あの星屑の中にあるものが、僕たち一人ひとりをつくっている。あの創造の力が、あの拡張の力が、僕たちの中にある。あの美しく、シンプルで、ひとつになった力が僕たちをつくっている。エネルギーはある場所から別の場所に流れる。ある人から別の人に流れることもある。ルースは僕に最初のレッスンを授けてくれ、人生はそれに続くレッスンを授けてくれた。僕はあのマジックショップで学んだことを現実に証明しようと長い時間を費やしてきたけれど、結局それは単純で謎めいたひとつの事実にたどりつく。脳にはさまざまな謎があるけれど、最大の謎は、それが姿を変えて変化し続ける能力だ。

12歳のときの自分の脳と、18歳のときと、またその後の人生を通して厳しい現実を受けいれなければならなかったときの脳をスキャンして見ることができたらいいのにと思う。僕の脳は大学に行く頃には変わっていた。ルースの教えてくれた瞑想が、集中力と記憶力と複雑な概念の学習力を高めることは研究で証明されている。もしルースに出会わなかったら、大学やメディカルスクールに行っていただろうか？　おそらく行ってなかっただろう。その後の12年間に厳しい勉強が待っているなんて知らなかった僕が、脳の準備をしていなかったら、大学と大学院で成功できただろうか？　絶対にできなかった。

脳が変わると、人は変わる。それは科学で証明された真実だ。でも、もっとすごい真実は、心が変わるとすべてが変わるということだ。世界に対する自分の見方が変わるだけでなく、自分に対する世界の見方が変わる。そして自分に対する世界の反応が変わる。

7 それは受けいれられません

大脳のちょうど真下の小脳の正面に、脳幹はある。大脳がコンサートツアー中の世界的なロックスターだとしたら、小脳はその動きを決める振付師で、脳幹はツアー責任者だ。ツアーが順調にいくように確かめ、ロックスターに必要なものをもれなく調達できるように、すべての情報を調整する。脳幹は大脳よりずっと小さいが、身体を生かしておくすべての機能を司り、脳と身体の間の幹線道路として無数のメッセージをやりとりしている。

脳は受胎から約3週間後につくられはじめる。この頃、神経管が閉鎖し、中枢神経系の最初のシナプスが胎動を起こしはじめる。その後脳幹が発達して心拍や呼吸や血圧などの生体機能を調節し、子宮の外での生命維持の準備を開始する。脳の上の方にある大脳辺縁系と大脳皮質は、誕生時には原始的で、経験と環境によって時間をかけて形成される。経験を通じたこの上方領域の形成と発達には終わりがない。脳には引退がない。すべての経験が脳をかたちづくり続ける。

ノエルは頭痛と吐き気を訴えて、救急外来にやってきた。夫と二人の子供が一緒だった。4歳の女の子と6歳の男の子だ。30代前半のカップルで、ノエルは妊娠8カ月だった。頭痛と吐き気は普通のつわりでも出るが、周産期の高血圧を伴う突然の発症は、母子ともに危険を伴う妊娠中毒の兆候かもしれなかった。その朝僕はたまたま当直で、その家族がやってきたとき院内を巡回していた。担当の産科医に呼び出しをかけたが、到着しないうちにノエルが救急室で突然倒れ、意識不明になった。

僕が着いたときには、ノエルは脳のCTスキャン中だった。スキャンの最中にバイタルサインが大きく乱れはじめ、血圧もきわめて不安定になった。スキャンを見ると、脳幹の部分が完全に血の海になっていた。脳幹の大出血、つまり脳実質内出血で、回復の見込みがないタイプのものだ。CTスキャン室でそのまま蘇生処置を始めたが、望みは薄かった。脳幹反射のしるしは見えなかった。それは、脳幹がきちんと機能していれば起きる不随意運動だ。瞳孔は固定し拡大していた。ノエルは完全に無反応だった。

ノエルの身体はまだ生きていたが、脳は死んでいた。

僕は血圧を維持する薬を手配し、手術室に連絡して準備を頼んだ。

「至急産科医を呼び出して！」看護師に向かって声を張り上げた。

「いま出産させないと、死んでしまう」

僕はストレッチャーと一緒に手術室に走りながら、産科医が来ますようにと祈った。オペチームが急いで緊急の帝王切開の準備を整えていた。そこにノエルを運び込んだ。ノエルの血圧は急降下し、心拍はますます不規則になっていた。突然、全員が僕を見た。時間がない。インターンとして産科を回ったのはもう20年も前だったが、手術室にはほかに外科医はいなかった。僕がどうにかしないと、この赤ちゃんは死んでしまう。緊急帝王切開で赤ちゃんを取り上げられるのは僕しかいない。

予備検査をためらっている時間もない。ノエルは脳死状態だった。血圧を維持できるのはあとわずかだ。

ノエルを手術台にのせた。麻酔医が急いで麻酔を施し、僕は準備をしながらノエルに手術用のドレープをかけた。産科医が入ってくることを祈りながら、もう一度周りを見回した。心電計のピッという音が急に飛びはじめた。

麻酔医が僕を見て「圧が下がってます。薬はもう限界。始めないと」と言った。

額に汗を感じ、呼吸が速くなっていることに気が付いた。恐ろしかった。目を閉じて、ゆっくりと呼吸を始めた。吸って吐いて、吸って吐いて。僕はあのマジックショップに戻っていた。メスを取って、ノエルの下腹を開き、子宮を開いた。その中に手を入れて赤ちゃんを取り出した。額にメスの小さな浅い切り傷があったけれど、赤ちゃんは生きていて、健康だった。赤ちゃんを小児科医に手渡し、へその緒を切って留め、腹部を縫合した。

ノエルの心臓が止まったのは、赤ちゃんを取り出したほんの数秒後だった。夫と二人の幼い子供たちに、妻と母親が逝ってしまったことをどう伝えたらいいかなんて、医学部では教えてくれない。その家族の痛みを感じない人間なんていない。悲しみや怒りや否定や絶望が波のように押し寄せる。だから、多くの医師はただこう言うしかない。「手を尽くしました。残念です」そして足早にその場を離れ、病院の牧師やほかのスタッフにあとを任せる。妻が亡くなったと夫に知らせることを、事務的にできるはずがない。子供の心の痛みを、「残念です」で癒やせるはずがない。この悲惨な日を境に、二度と母親にピーナッツバターサンドイッチをつくってもらうことも、本を読んでもらうことも、転んだときに寄り添ってくれることもないなんて、子供たちにはまだ想像もできない。

僕はノエルの夫を脇に連れていき、何が起きたかを伝えた。彼は目を閉じ、僕に手を伸ばして、悲しみと絶望に声をあげて泣いた。僕にできるのは泣いている彼を支えることくらいだった。父親が泣いているのを見た二人の子供たちもまた声をあげて泣きだした。この家族の悲しみに寄り添おうと、僕は努力した。ノエルの夫に赤ちゃんのことを伝えようとしたけれど、妻が逝ってしまったというつらい事実以外は何も彼の耳に入りそうになかった。

家族に寄り添って座っていると、手術着の前に小さな血のしずくが飛び散っているのに気がついた。ノエルの血だろうか？　赤ちゃんの額から出た血だろうか？　そんなこと気にしている場合ではない。死を嘆き悲しんでいるときに誕生を祝うのは難しい。でも人生のすべては結局そこに行きつくのかもしれない。人は生まれて死ぬ。そのあいだに起きることに規則性はなく、論理では説明できない。僕たちにできるのは、与えられた貴重な一瞬一瞬にどう反応するかを選ぶことだけだ。いまこの瞬間には痛みのほかに何も存在せず、僕は彼らに寄り添って痛みを分かち合うか、立ち去るか、どちらかを選ぶしかなかった。

僕は彼らと一緒にそこに残ったけれど、どのくらいの時間そうしていたかわからない。わかっているのは、できる限りそこにいたということだ。

ノエルの脳は死に、生きていれば当たり前に動いているはずの機能がすべて停止した。だが、彼女の赤ちゃんはここにいて、その脳は初めて世界の現実を経験していた。これもまた、この世界のランダムさと気まぐれによるものだ。経験と環境が人をかたちづくる。僕は、この家族が悲劇から立ち直り、この赤ちゃんが誕生のいきさつと母親の不条理な死による見えない傷をずっと背負い続けないことを願った。

それは外科医の僕にとって最初の死ではなかったし、最後の死でもなかった。服に血が飛び散ったまま家族のもとを離れたのも、それが最初ではなかった。

初めてそんなことがあったのは、僕が家を出て大学に行くときのことだ。相手は僕の家族だった。


UCアーバインに合格したことに両親は大よろこびし、信じられない様子だった。僕は大学に行くと言っていたけれど、親の方は僕が本当に合格して家を出ることにまで考えが及んでなかったのだと思う。出発の日が近づくと、父が姿を消した。ストレスがあったり何か大事なことが起きそうになると、父はそれに向き合えず、家を出てウィスキーの力を借りて恐れや不安を減らそうとした。僕は出発前の晩、興奮と緊張で小さなアパートの中をうろうろしていた。持ち物はぜんぶ大きめのダッフルバッグに収まり、寝る時間にはすべて詰め終えて、翌日の脱出に向けて準備万端だった。朝になって詰めるものがないように、何も忘れないようにと、アーバインに着ていく服を着て寝たほどだ。別れを惜しんだり思い出にひたったりもしなかった。家を出たくて仕方がなかった。父はもう1週間は帰っていなかったし、僕がアーバイン行きのバスに乗る日は知っていたはずだけど、家を出る前に父に会えるかどうかはわからなかった。

そんなのどうでもいいと自分に言い聞かせた。本当はどうでもよくなかった。失敗ばかりの父が僕は好きだった。しらふで家にいるときは、面白くて頭がよくてやさしい人だった。それが僕の父だった。

怒鳴り声と叩く音と、それからまた怒鳴り声を聞いたのは、夜中の3時頃だ。父がアパートの入り口にいて、物音からするとものすごく酔っぱらっているらしく、鍵のかかった家に入れずにいた。

バスローブ姿で部屋からよろよろ出てきた母の顔に、僕は恐怖を見た。母は動かずに、呆然と玄関のドアを見つめていた。両手で耳をふさいで、がたがた震えていた。警察を呼ぼうかと話し合った。

戸口の怒鳴り声は大きくなって、そのうち誰かが警察を呼びそうだと思った。あと数時間でバスは出るし、これから警察とかかわってバスに乗り遅れたくなかった。ドアの方に一歩近づいたとき、父が安物のベニヤ板を蹴破って、ドアがまっぷたつに割れそうになった。割れ目から父の手が伸びて、ノブを回した。

父はますます大声で怒鳴りながら入ってきた。

「ふざけるな！　俺を締め出すなんて絶対に許さんぞ！」僕をまっすぐに見て叫んだ。顔は歪み、目は暗く荒れていた。母が部屋の隅にあとずさり、それが父の目をひいた。

「なんでドアを開けなかった？」父が母の方に向かっていくと、母は急いであとずさり、壁際に追い詰められた。こんなに怒った父を見たのは初めてだった。いつもは酔っぱらうとただ気を失っていた。暴力を振るったことは一度もなかった。

「それ以上近づくな」

自分の声が聞こえた。僕の声が父に聞こえたかどうかはわからない。父は母にもう一歩近づき、母はぶかぶかのバスローブの中で震えている小鳥のようだった。僕はそれまで父に歯向かったことはなかった。父の振る舞いと酒癖を、諦めて受けいれていた。でも、もう受けいれられない。限界だ。

僕は二人の間に入って、父の注意をひこうと大声を上げた。

「あと一歩でも動いたら、殴るぞ。本当にやるからな」

父は僕を無視して母に近寄った。僕は前に出て腕を振り上げながら、スローモーションか、水中で動いているように感じていた。拳を握って、父の鼻を叩きつけた。骨が折れる音がしてそれを感じた。木が倒れるように、父はどすんと倒れた。

母が叫び、父がうつ伏せに床に倒れ、血が噴き出て部屋中に飛び散った。酒のにおいにまじって、銅みたいな金属っぽいにおいが鼻につんときた。血のにおいだった。

血がどんどん流れていた。

苦いものが喉もとに上がってきて、吐きそうになった。よろよろと洗面所に向かい、着いた瞬間に吐いた。トイレの前に跪いて、初めてお祈りに近いことをつぶやいた。お助けください。袖で口を拭い、居間に戻った。父はまだうつ伏せで、動かなかった。死んじゃった？仰向けにすると血と鼻水が顔に流れていた。あんなに大量の血を見たのは初めてだった。鼻は変形していて、妙な感じで左に捻れていた。ぐちゃぐちゃだ。僕は考え続けた。最悪だ。

父が意識を取り戻したらしく、小さくうなるのが聞こえた。父の頭を僕の膝の上に乗せた。父の頬の上で固まりかけた小さな血だまりに涙が落ちるのを見るまで、自分が泣いていたことにも気づかなかった。あのパンチで父は酔いがさめたようだった。ゆっくりと目を上げて、それまでになかったように僕をしげしげと見た。そして言った。

「大丈夫だから。大丈夫だから」

母は泣き続けていたけれど、僕は涙を拭いた。その瞬間、父と僕の間ですべてが変わったことを知った。

すでに朝6時になっていて、バスの出発時間は7時半だった。父はかなり酔いもさめて、鼻に綿球を詰め、椅子に座ってコーヒーを飲んでいた。母は父に付き添っていた。父は僕の方をもう一度見て、それから目を落とした。母がバスに乗り遅れないでと言った。気まずいなかで僕は二人にキスし、ハグして、割れた玄関のドアを出て、大学に向かった。バス停まで連れていってくれる友だちの車まで歩きながら、ズボンにいくらか血が飛び散っていることに気がついた。戻って着替える時間はなかった。それに、服は全部ダッフルバッグの中に詰めていた。初めて大学に行くほかの子供たちが、どんなふうに家族にさよならを言うのかわからなかったけれど、こうではないことだけは確かだった。

大学には合格したものの、フルタイムの仕事と授業と勉強を掛け持ちできるほど、要領はよくなかった。しかも、ボート部にも入った。エンブレム入りのジャケットが欲しかった。毎年毎年、誰よりも必死に勉強しているつもりだったのに、いつもすれすれで単位を取っていた。最初の何年間かはランカスターからアーバインまでしょっちゅうバスで帰っていたし、ヒッチハイクすることもあった。いくら必死に勉強しても、母の世話や、父のことや、家族の問題が次々と起きて、そこから彼らを助け出すために何週間も学校を休まなくてはならなかった。メディカルスクールを受験する頃、僕の評定平均は2・5で、卒業できるかどうかもわからないようなありさまだった。当時、メディカルスクールに合格するための評定平均は3・8といわれていた。メディカルスクールを目指すには、とんでもなくダメな学生だった。

それでも僕は心の奥深くで、医者になるんだと思っていた。白衣姿の僕は、想像じゃなかった。まるで自分自身を鏡で見ているように、リアルに感じられた。もう7年間もその姿を脳に焼き付けていた僕にとって、それが現実にならないなんてありえなかった。僕の中ではそれはもう現実だったけれど、同級生たちはご親切にも、そんな成績ではメディカルスクールは絶対に無理だと教えてくれた。残念ながら、何ができるかできないかを他人に決めさせる人はすごく多い。ルースが僕にくれたもうひとつの贈り物は、自分を信じて、僕が成功したりすごいことをやってのけるのを望まない人がいることを受けいれる力だった。そういった現実と折り合いをつけて、いたずらに反応しないことだ。

メディカルスクール受験のプロセスは、3年の終わりにはじまった。UCアーバインの学生は、医学部準備委員会との面接を経て推薦状をもらわなければ、受験資格が得られない。僕は面接の予約を取るために、わざわざ委員会の秘書に会いにいった。

四半世紀が過ぎたいまでも、彼女が僕のファイルを引っ張り出してさっと目を通し、軽蔑したように僕を見て、またパラパラと書類をめくり始めた様子ははっきりと目に焼き付いている。やっとファイルを閉じた彼女はこう言った。

「面接の予約は入れられません。メディカルスクールは絶対に無理です。みんなの時間の無駄になります」

僕はあぜんとして立ち尽くした。推薦状が絶対の条件だ。メディカルスクール受験のためにはやるべきことがたくさんあって、最初の一歩がそれだった。推薦状をもらったら、応募書類をそろえて、小論文を書いて、それから運がよければ面接に呼ばれる。越えなければならないハードルはいくつもあったけど、僕が欲しいのは面接のチャンスだけだった。

僕は深く息を吸った。「おっしゃることはわかりますが、面接の予約を入れたいんです」

「無理です。あなたには資格がありません」彼女はファイルの上でコツコツと指を叩いた。

ファイルの中身が何にしろ、そこにおさまりきれないことがたくさんあった。そのファイルは僕じゃない。僕が週に25時間働きながら必死に努力していたことは、その中にはなかった。家族の複雑な問題を片付けるために何度となく学校を休まなくちゃならなかったことも、書かれていなかった。毎朝5時に起きて、ボートを漕いでいたことも書かれていなかった。そのファイルにあったのはひとつだけだ。僕の成績。もしそれが推薦状を受け取るための唯一の基準なら、その秘書は正しい。僕は絶対にメディカルスクールに入れない。でもそのファイルは僕じゃなかった。

ルースは僕にそのくらいのことを教えてくれていたし、ずっと練習を続けてきたおかげでそれはわかっていた。受けいれられないことを受けいれる必要はない、とルースは教えてくれていた。自分のために闘わなくちゃならない。ここにたどりつくまでに数えきれないほどの障害を乗り越えてきた。ここで委員会にそれを邪魔させるわけにはいかない。僕が彼らと話さなくちゃならない。

「それは受けいれられません」

「え？」

「委員会との面接を入れてもらえるまで、帰りません」落ち着いて静かにそう言い、彼女の目をまっすぐに見つめた。

「いいえ本当に……無理ですよ」

僕は彼女の言葉に少しのとまどいを察知し、そのとまどいに希望を抱いた。

「お願いします」そう言った。「僕に資格がないのはわかっています。普通なら無理だということもわかっています。でもあなたにはできるはずです。チャンスをいただきたいだけなんです」

彼女はまた首を横に振った。

「あなたの時間も委員会の時間も無駄にするつもりはありませんし、面倒を起こすつもりもありません。でも、面接のアポをいれてもらえるまで帰りませんから。何時間でも待ちます。会っても無駄だなんて、受けいれられないんです。受けいれません」

僕の声に怒りはなく、その言葉の中に彼女は絶対的な確信と真実を聞いたはずだ。彼女は僕の目を1分近く見つめていた。

「わかりました」

やっと折れた。

「来週の火曜、3時に」

「ありがとうございます。本当に感謝します」

部屋を出ようとすると、彼女の最後のつぶやきが聞こえた。

「面白くなりそうね」

面接の日、いつもの委員会メンバーのかわりに、生物科学部の学部長が座っていた。僕が大胆にも面接を要求して譲らなかったことが、委員会中に知れわたっていたようで、学部長はあきらかに興味津々という面持ちだった。

秘書はうやうやしく僕を迎え、会議室のドアを開けた。長方形の長いテーブルが部屋の奥にあり、その端に学部長を含む3人の教授が無表情で腕を組んで座っていた。ニコリともしなかった。それぞれの前に僕のファイルと成績があった。向かい側に僕が座る折り畳み椅子があった。3対1か……。不公平だな。僕はまだ20歳だった。

部屋に入って見回し、これが面接でないことに気づいた。審問だ。

そして、僕は異端者だ。

「ドゥティ君」ひとりが言った。僕が前の学期にぎりぎりでパスした化学の教授だ。

「いくつか取得できていない単位があるし、この成績では卒業もあやしいな。メディカルスクールでやっていけるとは思えないね。この記録からは、君が優秀な医学生になるとは思えないし、医師になるための自制心や知性を持ち合わせているとも考えられない」

「この面接は、ここにいる全員の時間の無駄だと思いますけど。違うと証明できますか、ドゥティ君」

もうひとりの委員が言った。僕は会ったことはなかったけれど、とても厳しいと評判の女性教授だった。

「秘書に無理やり面接の予定を入れさせたと聞きました。成功の見込みのない人を私たちが推薦すると思うなんて、傲慢のきわみです。ご存じだと思いますが、メディカルスクールはきわめて競争が激しいんですよ。あなたの成績では無理です」

僕は学部長を見た。でも彼は口を開かず、ただ珍しそうに僕を見つめていた。彼はただの観客だった。

「言いたいことがあるのですが」僕は口を開いた。

「ほかにも面接者がいます。主張するのはご自由ですが手短に」

僕が座っていた折り畳み椅子は小さくて、あの店でルースの向かいに何時間も座っていた椅子を思い出した。ルースは状況にただ流されてはいけないと教えてくれた。他人に自分の価値を決めさせちゃいけない。確かに僕の成績はひどかったけど、それでは伝えきれないものがあった。僕は深呼吸して立ち上がった。

「人の夢を壊す権利があなた方にありますか？」一瞬、間をあけて続けた。

「僕は小学校4年生のときある人に出会いました。お医者さんです。その人が僕の中に、いつか医師になれるという希望の種を植えてくれました。そんな可能性はなかったのに。僕の家族の誰も大学に行っていません。家族の誰も、医療の専門家どころか、何かの専門職についたこともありません。中学2年生のとき、僕はある女性に出会い、もし自分を信じていれば、そして過去の自分から一生変われないという頭の中の声を止めれば、なんでも可能になると教わりました。僕は貧乏に育ちました。いつもひとりでした。両親はできるだけのことをしてくれましたが、父も母もそれぞれ苦労を背負っていました」

僕は委員たちを見た。二人はまだ腕を組んでいたけれど、学部長は少し前のめりになっていた。彼は先を促すように、小さくうなずいた。

「僕は人生のほとんどずっと、医師になる夢を持っていました。それに突き動かされてきました。それが支えでした。それが僕の人生でただひとつ変わらないものでした。成績はたしかに一番じゃありませんが、僕にはどうにもならないこともありました。成績には表れなくても、ほとんどの学生と同じくらい、いえもっと努力してきましたし、この委員会に来た学生の中で、僕ほどメディカルスクールで成功しようと覚悟を決めている学生はいないと保証できます」

僕の未来を握っている三人の教授を見た。二人はうわのそらで、長いあいだ忘れていた恐怖と不安が身体を貫くのを感じた。この感覚を僕は知っていた、人生の最初の12年は、こんなふうだった。心臓が早鐘を打ちはじめた。僕はまた迷子に戻ったように感じ、疑いが霧のように僕を覆いはじめた。なんでずうずうしくも医者になれるなんて思っていたんだろう？自分の前にいるのは世界でいちばん優秀な人たちだ。

そこで突然、心を開きなさいと言うルースの声が聞こえた。目を閉じると、ルースの笑顔が見えた。ジム、あなたならできるわ。なんでもできる。あなたの中にはマジックがあるじゃない。それを表に出すのよ。

僕は、延々と心の内をさらけ出し続けた。貧乏な家庭に育って大学に入るのに苦労したこと。父と母のこと。両親の世話で何度も学校を休まなくてはならなかったこと。退学にならないよう成績を維持するためにどれほど努力したか。ここに立ってメディカルスクールを目指しているのが、信じられないということ。それがどれほどありえないことかを知ってもらうために、すべてを語った。

「成績のいい人がいい医師になるという証拠はどこにもありません。成績がいいからといって、思いやりがあるとはかぎりません。誰でも一生に一度くらいは、みんなに無理だと言われたことをやるチャンスが与えられてもいいはずです。みなさんがここにいるのも、誰かがみなさんを信じてくれたからでしょう？　誰かがみなさんを気にかけてくれたからでしょう？　みなさんに、僕を信じてほしいんです。それだけです。夢見た人になれるチャンスを与えてほしいんです」

話し終えると、しばらくシーンとしていた。彼らは僕の言ったことを考慮すると言った。学部長は立ち上がり、僕と握手した。

「ジム、いつもわたしたちが忘れがちなことを思い出させてもらったよ。目の前に座っているのは、ファイルじゃなくて人間だってことを忘れてしまうんだ。要求された基準を満たしている学生も多いが、その基準が絶対じゃない。ここに来るには緊張しただろう。さっきみたいなことを打ち明けるには、情熱と勇気がいる。君は諦めないな、違うか？」

「はい。諦めません。お時間を取っていただいてありがとうございました」そう言って部屋を出た。

通り過ぎるときにあの秘書が顔を上げて僕を見た。

「どうでした？」

僕は肩をすくめた。結果を待つしかない。

彼女は僕にあたたかくほほ笑みかけた。

「ここからも声が少し聞こえました。いろいろうまくいきそうな気がします」

そう言ってチラシを手渡してくれた。

「ご参考までに。締め切りは過ぎていますが、あなたは締め切りを守るタイプでもなさそうですから」

そのチラシは、ルイジアナ州にあるテュレーン・メディカルスクールが主催する夏期プログラムの知らせだった。医師を目指すマイノリティや経済的に恵まれない学生のためのプログラムだ。ラボの実習や、医学部受験に必要なＭＣＡＴという統一テストの準備を手伝ってくれる夏の強化コースだった。

「ありがとう」僕はチラシを見つめた。

テュレーン・メディカルスクール。テュレーンのことは何も知らなかったけど、その瞬間これが僕の将来の鍵になると感じた。

結局、委員会は僕に最高の推薦状をくれた。またしてもルースのマジックが効いた。

テュレーンに連絡すると、電話口の人が夏期プログラムの締め切りは過ぎたと教えてくれた。プログラム主任のエップス先生につないでもらうように頼んだ。エップス先生に、どうしてもこのプログラムに入れてもらいたいと訴えた。先生は僕の話を聞いて最後にこう言った。

「ジム、応募書類を送って。大丈夫だから」

2週間後、テュレーンから合格通知が届いた。でもテュレーンがあるニューオリンズまでの旅費はなかった。テュレーンから合格通知が届いたのと同時期に、たまたま父から電話があった。ロサンゼルスの拘置所にいて、釈放されるので迎えにきてほしいと言う。母が家に入れてくれないので寝る場所もなく、食べ物と部屋が必要だと言っていた。僕は自分の食費と、2週間後に支払うことになっている家賃で精いっぱいだった。父はもうすぐお金が入ると言った。またかよ。でも父を助けることになると知っていた。僕の父親だから。家族のいきさつを知っている友だちがロサンゼルスまで送ってくれて、父を引き取ることになった。父は意外に元気そうだった。拘置所にいた数週間で酒が抜けていたからだ。簡易宿泊所で2週間宿を取り、200ドル渡した。テュレーンの夏のプログラムのことを話すと、父は笑って、よくやったと言った。そして、ありがとうと言った。

その2週間後、どうやってテュレーンまでのお金を工面するかまったくあてのなかった僕に、封筒が届いた。宛名は見覚えのある父の字で、中には1000ドルの小切手が入っていた。僕がニューオーリンズに行けるように有り金をぜんぶ送ってくれたんだ。僕は泣いた。その夏のプログラムは僕を変えた。ラボでの実習を体験し、メディカルスクールの教授陣に会うこともできた。統一テストの勉強と面接の準備もさせてもらえた。密度の濃い勉強で、僕は100パーセント集中し、心から幸せだった。僕は医師になる。そう確信した。

秋になってテュレーンを受験し、じりじりしながら結果を待っていた。夏のプログラムではうまくやれたし、統一テストの点数もよかったが、大学の成績のせいでほとんどの応募者よりも見劣りすることはわかっていた。二つの仕事を掛け持ちしていて、長時間労働が身体にこたえていた。集中が続かなくなっていた。母から電話をもらったのはこの頃だ。父がこのところ飲みすぎていて、急にバスでケンタッキーの家族に会いにいくと言って家を出たきりだと言う。何も持たずに家を出て2週間も音沙汰がなく、ケンタッキーにも着いていないことを、母は心配していた。父はときどき姿を消していたけれど、これほど長く戻らなかったり、本人からも拘置所からも音沙汰がないことはこれまでになかった。僕の心配ごとがまたひとつ増えた。母が数日後にまた電話をかけてきて、父はテネシー州ジョンソンシティの軍人病院にいると教えてくれた。

夜だったがその病院に連絡して医師を呼び出してもらった。父は集中治療室で人口呼吸器につながれ、抗生剤の大量投与を受けていた。呼びかけへの反応は途切れ途切れになっていた。重度の肺炎で、肺に酸素を送り込むのが難しくなっていた。担当医は、いまのところ反応はあるけれど、いつ危篤になってもおかしくないと言っていた。その担当医に少し経緯や病歴を聞かれて、父のことをほとんど知らないことに気が付いた。いま抱えている病気があるかどうかも知らなかった。薬を飲んでいるかどうかも、手術歴があるかも、アレルギーがあるかも……知っていることといえば酒飲みだったってことくらいだ。父の想い出はすべて酒に関係することだった。

電話を切って、父と座って話をしたり、何か一緒にしたりしたときのことを思い出そうとした。酒に関係しないことを。ぼんやりとした思い出しかなかった。はっきりと記憶に残っているものは何もなかった。父は親戚に会うためにバスに乗り、結局行きつけなかった。バスで何をやらかしたんだろう？　何を求めていたんだろう？　なぜいま、そんなに遠くに行こうとしたんだろう？　聞いても仕方のないことだ。父がどこか遠くの病院にひとりでいることになったのは、結局酒のせいだった。

僕はベッドの端に座って泣いた。病院に行くためのお金がなかった。母もお金がなかった。試験も近づいていた。それから数日、不安の中で過ごした。病院に何度か電話した。もう意識はなく、臓器はぼろぼろだった。医師は、予後は芳しくなく、長くはもたないだろうと言った。ルームメートが飛行機代を貸してくれると申し出てくれた。僕は準備をして翌日のお昼に出発することにした。着いたらどうするかはまったく考えていなかった。ただ、父をひとりにできなかった。

僕はうとうとしたものの、落ち着かなかった。飛行機に乗るのは初めてだった。これから行く場所についても何も知らなかった。怖かった。疲れていた。やっと眠くなって、深い眠りに落ちた。とつぜん目が覚めた。どうして目が覚めたのかわからない。とにかく目がぱっちり開いてしまった。周りを見回すと、ベッドの隅に父がいた。僕を見ていた。元気そうだった。というか、しばらくなかったほど元気になっていた。父は落ち着いていて、笑顔というよりやさしく人を受けいれるような表情をしていた。

「やあ。さよならを言いに来たんだよ。いい父親でなくてすまない。おまえのそばにいてやれなくてすまなかった。お互いに行くべき道がある。俺にはこの道しかなかった。おまえを誇りに思っているし、すごく愛してることをわかってほしい。もう行かなくちゃ。おまえを愛してるって憶えておいてくれ。じゃあな」と父は言った。

「僕も愛してるよ、父さん」と僕は言った。

そして父は去っていった。

僕はベッドの上に座っていた。夢を見ていたのか、現実だったのか、はっきりしなかった。どう考えたらいいのかわからなかった。僕はそこに座ったまま、父に会ったら抱きしめて、大丈夫だと言ってあげようと考えていた。愛していると伝えよう。また眠りにつき、電話で起こされた。寝ぼけたままで、ゆっくりと電話に出ると、父の担当医からだった。残念だがお父さんは1時間前に亡くなられたよ、と告げられた。死ぬ直前に目を開けてほほ笑んだそうだ。痛みのない死だったと教えてくれた。僕は彼に感謝して電話を切った。母に電話して一緒に泣いた。父は父にできることをやったし、心の奥深くではいい人で、僕をすごく愛していたと母は言った。

父は僕を愛していた。僕はそれを知っていた。

そして僕は父を愛していた。

UCアーバインの委員会の面接があってから1年足らずの、父が死んで2週間が過ぎた頃、僕はテュレーン大学のメディカルスクールに合格した。大学から通知を受け取った僕は寝室に行き、ベッドの端に座ってゆっくりと封筒を開けて父を想った。あの晩、父が僕のところに来てさよならを言った場所に目をやった。僕を誇りに思ってくれているはずだ。

委員会との面接でも指摘されたように、僕は卒業に単位が足りなかったが、1977年卒の同級生と一緒に卒業式に参加した。メディカルスクールへの入学は、大学卒業が条件だった。大学3年のとき、自殺未遂を図った母の世話で僕は家に帰らなければならず、単位をぜんぶ落としていた。そのせいで、生物学の選択科目が3つ足りなかった。この秋にメディカルスクールが始まる前に単位を取り終えるのは不可能だった。いろいろなことを乗り越えてやっとここまで来たのに、すべてが水の泡になりそうだった。どうしていいかわからなかったので、本当のことを打ち明けるしかないと思った。

受話器を取り上げてテュレーンに電話し、メディカルスクールの入試担当者と話したいと申し込んだ。待っている時間が永遠に思えたが、担当者が電話に出てくれた。僕が何者かをよく知っているようだった。僕が状況を説明すると、彼は黙り込んだ。その時間がまた永遠に感じた。彼はこう言った。「ジム、君にテュレーンに来てほしいと思っている。アーバインがメディカルスクールからの単位編入を認めて足りない選択科目に充当してくれるなら問題ない」

僕は何度も何度もお礼を言って電話を切った。信じられないことが起きた。落としたクラスの教授に、メディカルスクールに合格したけれど、前期は家族の緊急事態で単位を落としてしまったので、メディカルスクールからの単位編入でその分を認めてもらえないかと聞いてみた。すると全員が僕の合格を祝い、その場で承知してくれた。教授たちは僕が大学の成績でも統一テストでも申し分のない点数を取っていたものだと勘違いして、選択科目を落としていても大目に見てくれたことを知ったのは、あとになってからだった。

ルールや基準がものごとを左右することもあるが、そうした基準に特別な理由はなく、たいていはふるい分けや足切りのためだけに使われている。オールAの成績や大卒資格といったものは、任意に定められた医師になるための関門だ。僕には優れた医師になるための地頭のよさと強い決意があるとわかっていた。
それを証明するときがやってきた。

8

脳外科医、九死に一生を得る

脳神経外科医になろうと最初から思っていたわけではない。僕は形成外科医になるつもりだった。顔面障害を持つ子供たちに心を動かされ、複雑な手術テクニックにもひかれた。顔に傷や変形のある子供たちの写真を見ると、胸が締めつけられた。世間から隠すことのできない傷を持つ子供や、特異な外見のせいでいつも目を背けられてしまう子供に特別な共感を抱いていた。でも同時に、美容整形にも魅力を感じ、大学教授として子供たちを助けながら、ビバリーヒルズのクリニックで金持ちのクライアントに会っている姿を想像した。セレブ相手の整形外科医は儲かるし、きれいな女性にもたくさん会える。

メディカルスクールの1年目は奨学金をもらい、それ以降は軍からの奨学金を受けた。国に仕える義務を深く感じていたし、社会に恩返しをしたかった。ランカスターの上空をチャック・イエーガーみたいに音速で飛ぶ夢や、警察実習で制服を着たときの誇らしい気持ちはありありと憶えていたが、大学に入って、音速を超える挑戦に最初に選ばれた飛行士はイエーガーではなかったと知った。その栄誉を受けたのは、スリック・グッドリンという人物だった。だが、グッドリンは飛行機に乗る見返りに15万ドルの報奨金を要求した。1947年としてはものすごい大金だ。イエーガーは見返りを求めなかった。冒険と発見を追い求めて挑戦したかっただけだ。限界ぎりぎりに追い詰められたとき、人間はどんなとんでもないことを成し遂げられるのか試してみたかったのだ。あばら骨を2本折り、あまりの痛みに飛行機のハッチを閉めるのにほうきを即席のハンドルがわりにしたほどだったのに、イエーガーはひるまなかった。

僕はいったい何者なのだろう？　オスカー・ワイルドが描いたような、「あらゆるものの値段を知っているのに、その価値を知らない」男なのか？　僕はこれまでずっと、自分の中のスリック・グッドリンとチャック・イエーガーの間でなんとか折り合いをつけようとしてきた。僕と同じように苦しみ、痛みを抱えた人に僕は共感し、そういう人を助けたかった。でも、成功もしたかった。ルースのマジックを練習してきたから、ここまで来ることができた。その後も毎日練習は続けていたが、まだまだ目標へは道半ばだと思っていた。金と名誉が欲しかった。一目置かれる人間になりたかった。世界一の外科医になりたかった。

軍がメディカルスクールの学費とその間の生活費を払ってくれることになり、僕は軍医として勤務することにした。米国陸軍には9年間務め、少佐になった。

メディカルスクールでの経験は、学部時代とはまったく違った。僕は学業を難なくこなし、解剖学や組織学や生理学といった人体の複雑なしくみを学ぶことに生まれつきの適性があると知った。新入生はみんな、どう考えても覚えられない量の情報を暗記するのに苦労していた。僕は、あのマジックショップで習ったことを長年練習してきたおかげで、ほかの多くの学生よりも簡単に暗記できるように、脳が慣らされていた。誰よりも長時間勉強に集中できたし、医学書を読んでいて気が逸れることもなかった。骨や神経からカルテの書き方まで、あらゆるものに暗記のためのゴロ合わせがあった。バカバカしいものもあった。たとえば、どの脳神経が感覚（s）か運動（m）か、あるいはその両方か（b）を覚えるためにSome Say Marry Money But My Brother Says Big Brains Matter More. という意味のない文を使ったりした。頭蓋内の神経の名前の頭文字を並べただけのOOOTTAFVGVAHなんていうのは、ゴロ合わせにもなっていなかった。

僕はよくあるゴロ合わせを使うこともあったし、創作することもあった。ゴロ合わせで無理やり思い出すというよりは、必要なときに意識の中に情報が流れ込んでくるような感覚もあった。UCサンタバーバラの研究者が2013年に行った研究では、学部の学生を対象に集中瞑想の訓練を2週間行ったところ、記憶力、集中力、認知機能全般が向上したことが、GRE（統一テスト）のスコアやそのほかの記憶と集中力テストによって証明されている。僕が驚いたのは、この研究に使われた訓練が、1968年にルースが教えてくれた練習にそっくりだったことだ。GREの準備と対策にどのくらいの金が使われているのだろうか。瞑想をすればタダで学力アップできるのに。

軍の奨学金は、メディカルスクール後のインターンを保証してくれたが、これは研修医（レジデント）とは違う。民間ではインターンはそのまま研修医になれるが、僕の場合はあらためて研修医に応募しなければならなかった。1981年にテュレーンを卒業した僕は、ハワイのトリプラー陸軍医療センターでのフレキシブル・インターンシップへの受け入れが決まった。学生時代にローテーションで行った場所だった。フレキシブル・インターンシップでは、一般外科だけでなく、さまざまな診療科目を経験できる。僕は小児科、産科、婦人科、内科のローテーションにつき、一般外科と脳外科も回った。この幅広い多様な経験は教育としてより役立つと思ったけれど、外科や専門外科に特化していないので、一般外科の研修医に応募するには不利だということを、そのときは知らなかった。

さまざまな領域の幅広い知識を持つことが、じつは自分のチャンスを狭めていた。それでも僕は小児形成外科医になるつもりだったので、そのためにはまず一般外科の研修医になり、それから形成外科と頭蓋顔面外科のフェローをやろうと思っていた。でもふたをあけてみれば、一般外科には12人もの応募があり、その中でフレキシブル・インターンシップをやっていたのは僕だけだった。あきらかに不利だった。ほかの11人の応募者は、僕が一般外科の研修医に合格するなんてありえないと言っていて、あからさまによろこんでいた。とにかくガツガツしていた僕は、人とうまくやっていけず、望みをなんでもかなえられるという僕の自信が周囲には傲慢に映っていた。どうしてみんなが僕の失敗を望んでいるように見えたのか、いまならわかる。

研修医への応募は11月で、僕もみんなと同じように一般外科に応募したが、4月になって脳神経外科のローテーションについた。脳神経外科の医師たちは、僕がこれまでのローテーションで出会った中でいちばん親切だった。脳外科手術というものに僕は魅せられた。過酷で正確さが求められるが、胸部と腹部が中心の一般外科にはないスリルがあった。誰も分け入ったことのない領域に入っていくこと、そして僕たちを人間たらしめている奥深い場所に入っていく仕事に、僕はひきつけられた。変形を持つ子供たちを助けたいという気持ちはまだあったが、脳の謎に分け入ることは僕に与えられた新しい探究の旅のように感じられた。大学やメディカルスクールに行きたいと思ったときのように、脳神経外科医になりたいと強く思った。でもそのためには一般外科ではなく脳神経外科での研修が必要だった。脳神経外科をやったうえで形成外科や頭蓋顔面外科のフェローシップもできれば完璧だ。

トリプラーの脳神経外科部長は励ましてくれた。

「君はすごく手先が器用だね。脳外科に向いてるよ。絶対に行くべきだ」

「すごくうれしいです」僕はそう答えた。

プライドで胸がいっぱいになった。僕は脳外科医になるんだ。

「ただ、軍では年にひとりだけしか研修医を取らなくて、リストは3年待ちなんだ。だから待たなくちゃならない。インターンのあとに医療士官として数年間現場に配属され、順番がきたら研修を始められる」

「3年ですか?」僕は聞いた。

「たった3年だ」

「僕は待てません」

彼は笑った。「ジム、でも待たないとダメだ」

「そんなの馬鹿げているし、受けいれられない」僕は興奮して、あきらかに言いすぎてしまった。

「そういうものなんだ。馬鹿げてなんかいない。それが軍隊というものだ」

「でも、僕は待てないんです」

彼は首を振り、部屋を出ていくように促した。
休暇の時期になり、軍から30日離れられるので、僕はトリプラーを出てウォルターリード
で1カ月を過ごすことにした。最終的にここに来たかったので、自由時間を使って脳神経外
科のローテーションに入り、バリバリ働いた。その「休暇」が終わる前、脳神経外科部長と
面接をした。
「君を気に入ったよ、ジム。素晴らしい仕事ぶりだった。君なら優秀な研修医になれる」
「ありがとうございます。ということは、秋からここに入れていただけるということですよ
ね」僕は言った。
「知っていると思うが、最低3年は待たなくちゃならないんだ。3年たったら入れてあげよ
う。もう4人も応募者がいる中で、君は幸運だと思わなくちゃいけない。まだ正式に応募も
していないんだから」
僕は彼の目をまっすぐに見つめて言った。
「3年も待てません。来年僕を入れなければ、大変な損失になりますよ。僕は3年も待って
いませんから。あつかましいようですが、待てないんです」
時期は過ぎていたが、僕は脳神経外科の研修に応募した。マジックの力を信じて。
トリプラーに戻り、一般外科部長に、申し訳ないが一般外科への応募を取り下げたいと申

し出た。ウォルターリードで脳神経外科をやるからと伝えた。

「無理だよ。入れるはずがない」と彼は言った。

「取り下げは認めない。うちの一般外科にはこれまででもっとも優秀な候補者が集まっていて、君はそのひとりだ。よそには渡さない」

「わかりました。でも一般外科には行きませんよ。僕はウォルターリードに行くので」

ウォルターリードの脳神経外科で研修医になった自分の姿を思い浮かべながら、僕はインターンシップを終えた。毎朝毎晩、心の目にその姿を映し出した。どんな結果になるかは心配していなかった。結果から自分を切り離して、なりたい姿を思い浮かべられるようになっていた。いつかなれる。そう知っていた。やるべきことをやって、細かいことはなりゆきにまかせよう、と思った。

その「なりゆき」は、じつはちょっとしたスキャンダル絡みのものだった。翌年に研修医になるはずだった男性が、ウォルターリードの看護師と付き合いはじめた。二人は別れたが、その男性が彼女をストーキングするようになった。ほかにも問題があったのはあきらかだが、脳神経外科の部長はこの男性の受け入れを撤回した。彼は医療スタッフとして韓国に配属になった。脳神経外科の補欠リストに名前のあった人たちは、すでに別の場所での任務が決まっていた。ドミノ倒しのように候補者がいなくなって、残っているのは僕だけになった。

必死に思い描いたからそうなったのか、偶然が重なっただけなのか、何か別の理由があったのはわからない。僕にわかったのは、また結局すべてうまくいったということだけだ。

トリプラーの一般外科から合格通知が届いたその日に、ウォルターリードの脳神経外科からも合格通知が届いた。一般外科部長は4人を受け入れ、通知が届いたその日に4人が部長室に呼ばれた。

「君たちは4人とも、私の第一希望のインターンだということを知っておいてほしい。これまでで最高の学年だ」

僕は合格したほかの3人を見た。3人は、外科全体を統括していた一般外科部長に気に入られようとして、やたらとおべんちゃらを使っていた。髪をミリタリーカットにして、靴はいつもピカピカに磨き上げていた。僕はそういうことに気を使わなかった。最高のインターンになることに専念し、髪は長すぎたし靴も磨かなかった。しかも、おべんちゃらは苦手だった。

「士官専用クラブに連れていってやる。みんなで祝おう」

背中をパタパタと叩いて祝ってくれているところに、僕が水を差した。

「部長、辞退させていただきたいんです」

部長が僕を見た。

「何だって?」受け入れが決まったあとで辞退するなんて前代未聞だった。

「ウォルターリードの脳神経外科に受け入れてもらえることになりました」

部長の顔が赤くなった。あぜんとしていた。

「申し上げたつもりです。応募を撤回したいのです」

僕は立ち上がり、敬礼をして歩き去った。


ウォルターリードの脳神経外科部長は、1カ月のローテーションのあいだは僕を気に入ったと言ってくれたが、そのうちに、僕は彼にとって頭痛のタネでしかなくなった。僕は頭の回転が速く、口が達者で、それを武器として使った。ウォルターリードではとりわけこの武器をよく持ち出した。何がなんでも立ち上がって本当のことを言わなくちゃいけないような気がしていたから。でもその率直すぎる態度は、研修医としての身の程をわきまえないものだった。


僕は傲慢になっていた。それまでの望みがすべてかない、脳神経外科の専門技術も身に付け、以前とは違って自分が大物で特別な存在になったような気がした。12歳のときに教わってもう10年以上練習してきたマジックのおかげで、自分が負け知らずのつもりになっていた。

僕はよく問題を起こした。慎み深さや真摯な判断力を持ち合わせていなかった。部長に対して、ほかの人がいる前でもしょっちゅうけんか腰になった。

研修医になりたてほやほやでも、僕は医師であることを強く自覚していた。病院内の序列や政治より、患者のことをはるかに気にかけていた。でも、僕の態度は上司を遠ざけ、部長は僕を強烈に嫌うようになった。僕は、自分が気に入らないルールや意味がないと思った規則に従わなかったからだ。教授や先輩研修医が、僕ら新入りの研修医をいじめたりバカにしても意に介さず、ランカスターでの少年時代のことを思い出していた。僕は自分のためにも、他人のためにも立ち上がることを覚え、どんなときにもそうしていた。

研修初年度のクリスマスの直前に、勤務評価のために呼び出された。部長が机に座っていて、参加者が部屋の中に勢ぞろいしていた。

「評価を行います」部長が始めた。

「君には深刻な懸念があり、患者への対応に問題があると報告されている」

僕はすぐに立ち上がって言った。「ちょっと待ってください。僕の診察に問題があるなら、書類を見せてください。僕は医師としての責任を重く受け止めていますし、根拠のない言いがかりは受けいれられません」

僕は長年、思いやりのない医者に母がひどい扱いを受けるのを見てきた。母が見捨てられるのを見た。僕の家族は取り合ってもらえなかった。僕は自分の患者を気にかけていた。彼らの話に耳を傾けた。診療に関してはすべてを二重にチェックした。仕事時間外に来て、患者のベッド脇に座った。部長が間違っていることを、僕は知っていた。

誰も口を開かなかった。部長は机の上の書類を気まずそうにめくりはじめた。

「う〜ん」部長は口ごもった。

「問題はそこじゃない。君の態度だ。けんか腰で、本当にここにいたいように見えない。そこで観察処分にすると決定した。今後6カ月のあいだに改善がなければ研修を打ち切る」

僕は一人ひとりの顔を見た。誰も僕と目を合わせようとしない。

「もし放り出したいのなら、そうしてください。いますぐに。観察処分はいやです。それはお断りします。人生で一度も観察処分なんて受けたことはありませんし、これから受けるつもりもありません」

彼らは黙り込んだ。僕を切ることはできないし、彼らもそのことを知っていた。患者と教授陣からの評価がきわめて高かった僕を、辞めさせるとなると大変だ。悪い評価をつけたのは部長だけだった。それに、彼らにとっても恥ずかしいことになる。

「外で待っていなさい。決定したらまた呼びます」

僕は1時間半、部屋の外で待っていた。目を閉じて呼吸に集中した。心を落ち着け、ルースが教えてくれたことを信じようとした。

呼び戻されると、部長は咳をして読み上げた。

「処分はなしとするが、引き続き君を観察する。じっくりとね」

大声で笑いだしそうになるのを必死でこらえた。彼らはもう僕をさんざん観察していた。上司に対する態度は悪かったけれど、僕の患者への対応と医師としての能力を咎めることなんてできやしない。僕はどうしようもなくうぬぼれて、自分が負け知らすなばかりか、ルースの教えてくれたマジックは絶対に失敗しないとまだ信じていた。いま振り返ると、ルースの教えの表面だけを学んで、その核心を見落としていたとわかる。

「わかりました。それで結構です」

僕は何年間も部長にとって目の上のたんこぶだった。研修医として僕は優秀だった。彼も僕もそれを知っていた。正式な観察処分にはならなかったが、卒業するとき彼は僕の手を握り、耳元に口を近づけてこう言った。

「わたしの心の中では、君はずっと観察処分だったことを知っておきたまえ」

僕は謙虚さのかけらもなく、白衣を着た自分の成功を思い浮かべていた。

研修は真剣勝負だったけれど、休みのときには何も考えず気楽に遊びまわっていた。僕は必死に働き、必死に遊んだ。自分は不滅だと思った。負ける気がしなかった。何年間も思い描いてきたように、僕は白衣を着ていた。「ドゥティ先生」になったんだ。

何も僕を止められない。

1980年代半ばの研修医生活はいまよりさらに過酷で、軍隊での新兵訓練のようなものだった。シフトは24時間。いつも寝不足で一挙手一投足を評価され、プレッシャーがかかった。ときどき思い切り気晴らしをしないとやっていけなかった。身心を解き放つ時間が必要だった。見るからに酒の量が増えた仲間もいた。僕もそうだったが、アルコール依存症がどんなものかを見て育っていたので、飲みすぎと中毒の紙一重の間でバランスを取ろうとしていた。たまの休みに遊びまくっても一線は越えてはいけないと自分に言い聞かせた。研修医生活のプレッシャーから逃避に走ろうとする自分の弱さに負けそうになることはあったが、僕は父さんとは違った。絶対に父さんみたいにはならないと決めていた。

僕は次第に瞑想しなくなり、目標を頭に思い描くこともなくなった。長時間のシフトで、毎朝毎晩練習する時間はなくなった。最初は何日かに一度さぼるようになり、それから週に一度になった。そしてついにまったく時間がないと思うようになった。リストに書き加えることもやめた。自分の欲しいものははっきりしているし、僕のマジックショーの大団円はすぐそこだった。僕はもうすぐ脳外科医になる。人間の身体のいちばん重要な部分を手術することを任されたエリート専門医の仲間入りだ。脳はすべてを司る。そして、僕が脳を司る。そう信じていた。ルースのマジックから学ぶことはもうない。

ある晩仲間と4人で出かけ、とりわけ過酷だったローテーションの終わりを祝った。とても気の合う仲間たちだった。僕らはともに働き、食事をし、カフェテリアでコーヒーを浴びるように飲んだ。その絆は、つらい出来事や自然災害をともに体験した仲間の間に生まれるようなつながりだった。僕たちは「研修」という戦争をともに闘っていた。日常生活でほかの人と過ごす時間がなかったので、自然に親友のような、家族のような存在になった。

仕事のプレッシャーは極端に大きかったので、そのプレッシャーを和らげる方法もまた極端だった。病院で働いていると、見たくないものが目に入る。心の中のそうした光景をぼやけさせてくれるのは、大量のアルコールとコカインと大音量の音楽とセクシーな女性の組み合わせだった。その順番はどうでもよかった。

その夜、僕たちは病院近くのストリップクラブで8時頃から飲みだした。まるでどこかの成金のように、僕たちはダンサーに現金を投げた。それからスペイン料理屋に移って、パエーリヤとハモンセラーノを食べた。トーストにのせた塩漬けの豚肉だ。スペインのワインみたいなものを何杯もジョッキでおかわりした。いつコカインが出てきたのかわからないが、レストランの壁にかかっていたアンティークの剣を抜いて、あやうく互いを殺しかけたあと、全員で店からつまみ出された。

それは10月のじとじとした夜で、レストランを出ながら頭を霧の方に向けると、頬に冷たい湿りを感じた。病院から解放されて、気分がよかった。生きていると感じた。自分でいることが心地よかった。頭がぶっとんで、いい気持ちだった。

4人で車の中に折り重なった。車には空のビール缶が散らかっていた。けたたましく音楽を鳴らしながら、暗い夜の中を飛ばした。ハッピーな気分でぼんやりしてくるのを感じた。すると頭の中で声がした。

「シートベルトを着けろ。いますぐ！」

僕は急にシャキっとして見回した。フロントシートの友だちは大声で歌いながら、窓からビール缶を投げ捨てていた。運転していた友だちは音痴な歌に合わせて頭を振っていた。後部座席で僕の隣にいたやつは寝ていた。僕にシートベルトを着けろと言ったのは彼らじゃなかった。

その車は1964年製の赤いフォード・フェアレーンだった。友だちの母親が持っていた古い車だ。タイヤがすり減っていることを誰も知らなかった。後部座席には腰ベルトがついていて、ちょうどそれに手を伸ばしたときに急な曲がり角にさしかかった。車はスリップして、濡れたアスファルトを横切って対向車線に入っていった。僕は遠心力に押されてシートベルトが締まるのを感じ、まるで夢を見ているように、車が大きな木に頭から突っ込んでいった。

そして、真っ暗になった。

うなり声で目が覚めた。僕は運転席側の濡れた舗道に横たわっていた。車から投げ出されたのか、誰かが引っ張り出してくれたのかわからなかった。運転席にいた友人はハンドルに寄りかかり、動いていなかった。背中に焼けるような痛みを感じ、足はしびれていた。足を動かそうとしたが動かなかった。

僕は吐いて、立ち上がろうとした。仲間の話し声が聞こえた。

ロッククリークパーク……1マイル先……どっちかが行かないと……膝が……おまえはここにいろ……

ばらばらの言葉の意味がわからず、僕は目を閉じてひんやりと濡れた舗道を頰に感じた。身体は燃えていたけれど、顔を冷やしておけばなぜか大丈夫だと思った。

ウォルターリードはほんの1マイル先で、ちょっとした切り傷とあざですんだ後部座席の友だちが歩いて助けを求めにいった。ウォルターリードに着くと、救急車を出してくれとスタッフに言った。彼らは断った。基地の外の事故にかかわる許可を与えられていなかったからだ。

その友だちは、おそれ多くも軍の車両を許可なく持ち出し、事故現場に戻ってきた。彼が僕を後部座席に乗せて救急室に運び込むあいだ、僕は痛くて叫んでいた。ウォルターリードの救急部門で働く同期の研修医に診られるなんて、嘘みたいだった。ほんの数時間前まで医者だったのに、いまや患者になっていた。友だちは靭帯が切れたり、切り傷があったり、かなり激しい胸部打撲と脳震盪（のうしんとう）があったものの命に別状はなかった。

シートベルトをしていたのは僕だけだったが、その僕がいちばん重症だった。小腸は切れ、脾臓が破裂し、腰の下の脊椎にひびが入っていた。腹部の損傷は急を要し、僕は手術室に運び込まれた。

患者になって、手術室の照明が自分を照らしているのを見て、その部屋に来たすべての患者が感じたことを想像できた。痛みと恐れと心配が波のように押し寄せてきた。いろんな声が聞こえた。部屋にいっぱいの人が一度に話しているようだった。もし目が覚めなかったらどうしよう？　神様、お願いします。悪性じゃありませんように。もう一度彼に愛してると言えばよかった。もう二度と歩けなかったら？　私がいなくなったら家族はどうなる？　助けて、お願い。死にたくない。

次に聞こえてきたのは、言い争いだった。目を開けると、集中治療室にいる自分の姿が見えた。これまでに想像もしたことのない激しい痛みだった。胃のあたりには包帯が巻かれていた。僕は光を遮ろうと目を閉じ、一般外科部長と脳神経外科の副部長が言い争っているのを聞いた。

僕のことだった。

いい話ではない。痛みのなかでも、医者としての意識が戻ってきた。手術を境に血圧が急降下していた。あまりに低すぎて、拡張期血圧は測れないほどだった。収縮期血圧、つまり高い方の血圧で、心臓が鼓動するときの動脈の圧を測った数字はわずか40だった。通常は少なくともその2倍か3倍はある。しかも心拍数は160を超えていた。明らかに、失血によるショック状態だ。血圧はどんどん下がり続けていた。内出血のしるしだった。もうすぐ重要な臓器に血液が回らなくなる。それがどういうことかわかっていた。まもなく心停止するということだ。僕の脳は死ぬ。僕は死ぬ。

こんなはずじゃなかったと思った。こんなふうに死ぬはずじゃなかった。

次の瞬間、すべてが傾いて逆さになった。とつぜん僕は、天井の隅から僕自身を見下ろしてしていた。なんの痛みも感じなかった。電球から光の筋がジグザグになって出ているのが見えた。点滴バッグから落ちる液体の一滴一滴が見えた。部長のつむじと、額に点々と光る汗が見えた。下を見ると、僕がベッドに横たわっていた。小さくて、脆くて、すごく青白く見えた。モニターが見え、その線と数字があちこちに飛んでいるのが見え、血管を流れる血の音が聞こえ、血液量が足りないことがわかった。心臓の鼓動が聞こえた。それは遠くで鳴っているドラムのように、速いリズムを刻んでいた。そのすべてを感情抜きに観察していた。悲しくはなく、ただ自分とその周りに起きていることのすべてをはっきりと知覚していた。

一般外科部長は、腹部の出血源を見落としたはずはなく、それが失血の原因ではないと言い張っていた。

「でも絶対に何か見落としていますよ」副部長が大声を出していた。

「酸素も送っているし、深刻な骨折もない。腹から出血してるんです。出血源を見落としたんですよ」

まるで演劇を見ているようでもあり、同時に副部長の不満と恐れも、部長のプライドと確信も感じることができた。その部屋にいる全員が感じていることを、僕も感じていた。

副部長が僕の足に手を置くのが見えた。

「もう結構だ。あなたがもう一度彼を手術室に戻さないなら、わたしがやります。いますぐに！」

部長がとうとう同意した。ストレッチャーで自分がまた手術室に運び込まれるのを、僕は上から見ていた。看護師のひとりがかがみ込んで、僕の耳元でささやいた。

「ジム、がんばって。あなたが必要なの。きっとよくなるわ」

そして暗闇がやってきた。

そのあとの経験は、どうやってもきちんと説明できないし、忘れられるものでもない。よく聞く話だけれど、途方もない経験で、そういうことが僕に起きたことが不思議に思える。それは、何世紀も繰り返し語られてきた体験談だ。

とつぜん僕は細い川を浮きながら下っていた。最初はゆっくりと動いていた。先には白く輝く光が見えた。あのマジックショップで見つめていたろうそくの炎の先っぽみたいな明るさだった。急にスピードが増して、ぐんぐん光に近づいていった。僕の知っている人が川の両岸に集まっているのが見えた。父の姿も見えたと思う。ルースもいた。これまでになかったような感覚で、愛され、受けいれられていると感じた。そこで見た人の多くはまだ生きていた。バスローブ姿の母もいた。兄はランカスターの寝室で僕と一緒に笑っていた。中学生のときに一目惚れしたクリスもいた。オレンジ色の古いスティングレーの自転車もあった。バスに乗ってアーバインに向かう自分の姿も見えた。最初に白衣に手を通したときの僕を見た。あの晩、夜霧に顔を向けている自分を見た。白い光がだんだんあたたかくなり、近づくのを感じた。光は大きくなっていた。その光が愛だということをなぜか僕は知っていて、この宇宙で意味のあるものはそれだけだと感じた。そこに到達しなくてはならない。到達できたとき、僕はすべてをそなえた存在になると思った。僕が探していたのはこれだ。僕に必要なのはこれだけだ。その光と一体になりたかった。するととつぜん、そのあたたかかく、迎え入れてくれるような光と一体になったらもうこの世界の一部でなくなることに気づいた。僕は死んでしまう。

「いやだ」

そう叫んだような気がした。すると急に、僕は後ろに動きはじめ、光から遠ざかっていった。ぎりぎりまで伸ばした輪ゴムから手を放したみたいに。理解できないほど速いスピードで、僕は逆戻りしていった。僕を迎えてくれていたすべての存在が離れていくのを感じた。

まだ目を閉じたままで、モニターのビーっという音が聞こえた。

目を開けなくちゃ。

「ジム、聞こえる?」足にチクリと痛みを感じ、目を開けた。

回復室のまぶしい光が僕の顔を直接照らし、僕は何度もまばたきをした。

「ジム!」その声は言った。

「あなたが必要だって言ったわよね。あなたがいなくなったら、誰がみんなを笑わせたり、みんなのために闘ってくれるの?」

僕は手を伸ばして看護師の腕に触れた。

「生きてる?」

「もちろん生きてるわ。たくさん輸血しなくちゃならなかったけど、もう大丈夫よ。安定してる」

「あいつらは大丈夫？」

「大丈夫よ。あなたたち本当に世話の焼ける患者だけど、よくなるわ。眠ってるあいだにわたしたちが殺さなければね」

彼女は笑った。

「僕、死んだ？」

「生きてるわ」

「そうじゃなくて、一度死んだ？　あそこで蘇生を受けた？」

「いいえ。不安定で血圧もかなり低かったけど、心肺停止にはならなかった。見落としていた脾臓近くの出血源を見つけたの。お腹に4リットルも血が溜まってたわ。血圧が下がるはずよね。16パックも輸血したのよ。でも死んでない。少なくとも、わたしが知るかぎりはね」

彼女は不思議そうに僕を見た。

「何でもない。ちょっと変だったんだ。僕が川に浮いてた」そこで話をやめた。

その経験が何であれ、説明する必要はない。僕の中の科学者があの出来事を生理学的に見直しはじめた。脳の極端な低酸素による体験だったのか？　神経伝達物質が大量に放出されていたのだろうか？　ショックと外傷と失血による幻覚だったのか？　あの体験のさなかにいるときは、医学の知識を持つ脳神経外科医としてそれを見ていなかったが、いまは医師として見ていた。この脳の謎をいつか解ける日が来るのだろうか？

臨死体験、いわゆるNDEを経験したアメリカ人は1500万人にのぼるといわれる。2001年にランセット誌は、心肺停止または呼吸停止に陥った患者の12パーセントから18パーセントが、血圧低下、脳の酸素不足、外傷や疾病からくる脳機能障害にかかわる症状のあとで、臨死体験をしたことを示す研究を発表した。こうした体験の多くは、幽体離脱、浮遊、人生のフラッシュバックを伴い、亡くなった家族がそばにいると感じたり、その声を聞いたり、あたたかく無条件の愛を感じたり、川を流れていたり、トンネルの中で光に導かれていたりした。また、文化や時代にかかわらず、歴史の中で同じような体験が記録されていた。

プラトンの『国家』に「エルの物語」がある。戦死したある兵士の死体が腐敗せず、12日後、茶毘（だび）に付されようとした薪の上で目を覚ましたという話だ。その兵士が語った話には、現代の臨死体験と同じ要素がいくつもある。オランダ人画家のヒエロニムス・ボスが16世紀に描いた有名な「天国最上界への上昇」には、地上の生を超越した世界を示すような明るい光につながるトンネルが描かれ、これが臨死体験を表しているという人もいる。

イギリス海軍提督のビューフォートが1795年にあやうく溺死しそうになったときの体

験の記録もある。また、アメリカ人医師のA・S・ウィルツは1889年に腸チフスを患ったとき、同じような体験を記録している。こうした記録にはいずれも典型的な臨死体験の要素がいくつも含まれている。遠くから自分の体を見ていたり、流れる感覚を味わったり、愛する人を見たり、白い光に向かって動いたりしていた。

19世紀の終わりに、フランス人の認識学者で心理学者でもあるヴィクトル・エガーは、登山家が死に向かって落下しているあいだに自分の人生を見るという現象を説明するのに、フランス語で「差し迫った死の体験」という言葉を使っていた。最近では1968年にセリア・グリーンが400件もの幽体離脱体験の分析を発表し、肉体と離れて人の意識が存在するかという論争を引き起こした。

1975年には精神分析医のレイモンド・ムーディーがそうした体験を描いた本を出版し、〝臨死体験〟という言葉を生み出し、それ以前には宗教や哲学や形而上学の領域だけで描かれた現象に、科学者たちが興味を持つようになった。こうした記述の多くには、天使などの宗教的なシンボルや、キリストやムハンマドの姿が描かれている。こうしたシンボルはふつう、個人の信仰や宗教的な信条とつながったものだ。多くの人が、こうした体験で人生が変わったと語っていた。

無神論者もまた信仰の深い人たちと同じ臨死体験の多くの要素を経験している。いちばん有名なのは、『言語・心理・論理』を著したイギリス人哲学者で、無神論者であることを公言していたアルフレッド・レイヤー卿だ。レイヤー卿は1988年に食べ物を喉に詰まらせて、危うく死にそうになった。その出来事のあと、彼はこう言ったとされている。「この体験は、死のあとの生はないという私の信条を変えるものであり、私の頑なな態度を和らげるきっかけとなった」

無神論者の臨死体験の記録では、その多くが信条に変化がなかったと言っていたが、一方で信仰に目覚めた人もいた。

ムーディーらの研究のおかげで、この現象に興味を持つ科学者も増えている。また、いまでは、麻酔剤のケタミンや幻覚剤で同じような体験が人工的につくりだせることもわかっている。脳の側頭葉や海馬への電気刺激でも、それが引き起こされる。脳への血流が減少して脳の酸素レベルが低下したとき（戦闘機のパイロットが経験するように）や、過呼吸のあいだにこうした現象が起きることもある。人工的にひき起こされた経験にも臨死体験の要素はあるが、幻覚剤を別として、こうした人工的な体験は、その人の人生を変えるような反応にほとんど結びつかない。人生を変えるような体験の共通点は、本物の死の危険（または、死にかけているように脳の一部が解釈すること）なのだろうか？

心理学者のスーザン・ブラックモアは、まぶしい光の方にトンネルを歩いていく体験は、脳の酸素不足に反応した脳細胞の発火によって神経ノイズが増えた結果、起きるものだとしている。また、心の静けさと平穏は、そのストレスで放出される大量のエンドルフィンが原因だと言っている。最近では、生理学者のジモ・ボルジギンが、低酸素症のラットを使って、心停止後30秒以内に広範で同期的なガンマ振動が瞬間的に上昇していることを証明した。つまり、酸素不足で心停止状態に陥ったラットの脳は死後に意識の覚醒レベルが高まっていたというのだ。こうしたガンマ振動は、起きているときにも、瞑想によって意識状態が高まったときにも、また記憶が統合され強化されるレム睡眠のあいだにも見られる。明らかに、臨死体験中に起きる出来事への脳生理学的な説明は数多くあり、そのほかの脳へのストレスによっても臨死体験は起こりうるし、臨死体験と関係ないさまざまな方法を使ってそうした現象をひき起こすこともできる。

人生の多くのことと同じように、人の信条は、その人の人生経験の表れだ。そして人の脳はそうした経験の集まりだ。だが、心の経験はどうだろう？　科学や研究や臨死体験を基にした死後についての疑問よりも僕が興味をひかれるのは、こうした経験に流れる共通のテーマだ。どうして光やあたたかさや愛に向かって行くのだろう？　臨死体験で見るものは、人の心がいちばん欲しているものではないだろうか。無条件に愛されること。迎え入れられること。家庭と家族のあたたかさを感じること。何かの一部になること。

あの事故で、血圧が急降下したとき僕に何が起きたのかはわからないが、そんなことはもうどうでもいい。謎を解く必要も、説明する必要もない。僕は一度死んだかもしれないし、死ななかったかもしれない。

そう、わからないのだ。

はっきりとわかっているのは、僕はこの人生で何度も死んできたということだ。未来のない絶望的な少年は、マジックショップで死んだ。父親を恥じ、心から恐れていた青年は、父を殴りつけてその手を血で汚し、大学に行った日に死んだ。事故のときにはわからなかったけれど、傲慢で自己中心的な脳神経外科医もまた、死に直面した。人はこの世で何度でも死ねるし、それは生きていることの最高の贈り物だ。あの夜僕の中で死んだのは、ルースのマジックで自分が負け知らずになったという確信と、僕が世界中で独りぼっちだという想いだった。

あのとき僕は光のあたたかさを感じ、自分が宇宙でただひとりの存在だと感じた。僕は愛に包まれた。信仰心が強まったわけではないけれど、今日の自分が明日の自分とは限らず、僕たちはすべてのものとすべての人につながっていると絶対的に確信した。あの病院のベッドで目を覚まし、あのオレンジ色のスティングレーの自転車とマジックショップで過ごした夏からどれほど遠くまで来たかを思い出した。

僕がそのときまだ知らなかったのは、たどりつかなくてはならない場所まで、まだ長い道のりが残っているということだった。あの川岸でルースを見て、愛と多くの人とのつながりを感じたことは、ルースが教えようとしてくれたことから僕があまりに遠く離れてさまよっているという、警告のしるしだったのかもしれない。だけど、そのことに気づいたのはそれから何年もたって、つらい失敗を何度も繰り返したあとだった。

9 豪邸、ポルシェ、美女、そして……

――2000年　カリフォルニア州ニューポートビーチ

ある朝目覚めると、僕は7500万ドルを持つ資産家になっていた。といっても、実際にその額が手中にあったわけではない。見たことも数えたこともなかったけれど、銀行よりもはるかに強固な場所にそれはあった。僕の頭の中だ。

僕は離婚して独身だった。脳神経外科医として長時間勤務を続け、富と成功を追いかけていた僕は妻にとっていい夫になれず、娘にとってもいい父親になれなかった。医師の離婚率は全米平均より2割高く、脳神経外科医の離婚率はもっと高い。僕も例外ではなかった。

ベッドの反対側に手を伸ばし、隣のあたたかいからだに触れた。名前はアリソン。いや、メーガンだったかもしれない。よく憶えていなかったが、彼女の肌はぬくもりがあってなめらかでやわらかかった。彼女は寝返りを打ちながら寝言を言った。

僕はそっとベッドから出て階下に行った。コーヒーが飲みたかったし、寝ているあいだに株式市場がどうなったかもチェックしたかった。コンピュータをつけて音とともに画面が現れるのを待った。僕は44歳で、あと1年以内に引退するつもりだった。ニューポートビーチの生活は、ランカスターとは大違いだった。僕はオレンジ郡でもっとも成功した脳神経外科医の一人で、湾を見下ろす高台の総面積２０００平方メートルの邸宅に住んでいた。ガレージには子供の頃に夢見たポルシェだけでなく、レンジローバーも、フェラーリも、ＢＭＷもベンツもあった。

僕はあのリストに書いたすべてと、さらにたくさんのものを持っていた。はるかにたくさんのものを。

その数年前に、放射線療法の分野で脳の固形腫瘍への治療を革命的に変えるようなテクノロジーのアイデアを、友人の一人が教えてくれた。彼はちょうど研修を終え、スタンフォード大学で働くことが決まっていた。スタンフォードでこのアイデアを実用化しようという計画だった。彼はすでに会社を立ち上げていた。僕は感銘を受けて最初の投資家のひとりになった。スタンフォード以外で最初に、ニューポートビーチにその装置を置きたいと伝えた。この出会いが僕の人生の軌道を変えることになろうとは思わなかった。僕はサイバーナイフと名付けられたその装置の最初の1台をニューポートビーチに持ってきたいと思った。そこでもうひとりの大金持ちの友人の医師に、このテクノロジーが世界を変えると説得した。友人は僕を信じて、その最初の装置を買ったばかりか、それを置くためのビルを買い、その装置と一緒に使うためのMRIとCTスキャナーも買い入れた。このテクノロジーへの僕の熱意と確信を信じて、彼は数百万ドルもの金を費やした。当時まだこの装置はFDA（食品医薬品局）の承認を受けておらず、請求に使えるコード番号もなかった。彼が投資してから2年もしないうちに、その製造会社のアキュレイは放漫経営と資金不足で実質的に破たんした。数年後もFDAの承認は得られず、売り上げはゼロだった。シリコンバレーだけでなく、アメリカ中どこを探しても、この会社に資金を提供する人はいなかった。まったく先の見通しが立たず、このテクノロジーの可能性を信じ、莫大な資金を投入した人たちは損失を被り、世界はこのまれに見るテクノロジーを失いそうだった。僕がどうにかしなければならなかった。そこでこの会社を救うことにした。

僕には商売の経験はなかったけれど、研修医時代に脳の活動をモニターするための電極を発明し、それが世界中で販売されていた。だが今回は違う。これは大きな責任だ。友人に計画を話した。僕がその会社を救えると彼が信じたかどうかわからないし、彼にはそう言うしかなかったのかもしれないが、いずれにしろその友人は励ましてくれた。アキュレイの社員数は60人から6人に減っていた。僕はこの会社への資金提供に合意し、どうしたら救えるかを考えた。何も思いつかなかった。

運命というべきか、その答えはフォーシーズンズホテルのバーで一杯飲んでいるときにやってきた。その頃、フォーシーズンズはニューポートビーチのファッションアイランドにあり、僕はデートの相手をバーで待つあいだ、隣に座っていた男と話しはじめた。サイバーナイフの状況を打ち明け、このテクノロジーが何千何万という命を救えるはずだと話した。生き残るために必要な資金を調達しなければならなかった。その人は会社再建に手を貸してくれると約束し、実際1800万ドルもの資金調達を手伝ってくれた。問題は、僕がCEOになるという条件つきだったことだ。事業コンセプトだけでなく、僕自身が再建成功のカギだと思われていた。そこで僕は成功していたニューポートビーチでの仕事を辞めてCEOになった。経験も知識もなかったのに。僕にあったのは、その会社を救えるのは僕であり、僕がやらなくてはならないという絶対的な確信だった。

18カ月もたたずに会社は完全に立ち直り、FDAの承認も下り、企業価値は実質上の破たんから1億ドルにもなった。この間にベンチャーキャピタリストやシリコンバレーの起業家など、たくさんの人に会った。彼らは、アキュレイを立て直した僕に、失敗を成功に変える秘密の魔法でもあるように思っていた。そんなものはなかった。自分は何も知らないと伝えたが、投資してほしいとか、パートナーになってほしいとか、少なくとも相談に乗ってほしいと頼まれた。こうした投資と人脈を通して、僕は株式を受け取るようになった。たくさんの株式だ。ドットコムバブルが頂点にあった2000年には、上場ドットコム企業の株式はゴールドよりも価値があり、それさえあればどんな銀行でも融資してくれた。

ようやくコンピュータがオンラインにつながり、僕は数字を見た。資産額は7500万ドルを少し超えていた。子供の頃には100万ドルを手に入れるのが夢だったけれど、最初の100万ドルのスリルなど、7500万ドルとくらべるとささやかなものだった。僕は金持ちだ。コンピュータを切って窓の外を見ると、真っ青な太平洋が広がっていた。

家の中は静かだった。メーガンだかアリソンだかは、まだ起きていなかったが、別に話をしたいとも思わなかった。彼女のことを考えて少し悲しくなった。お互いのことをまったく知らなかった。僕は彼女が製薬会社のセールス担当者だとしか知らなかったし、彼女は僕が金持ちで、オレンジ郡の最高級レストランに専用のテーブルがあることしか知らなかった。昨晩、彼女は友人と一緒に僕に近づいてきた。僕たちはウォッカとシャンパンを飲み、この贅沢なバカ騒ぎをどう思うかと聞くと、彼女は笑ってすごく楽しいと言った。彼女にも人生の物語があることはわかっていたけれど、彼女はそれを僕に話すつもりはなく、僕の話にも興味はなさそうだった。そんなわけで、ほかの多くの女性とのほかの幾度もの夜と同じように、僕たちはありもしない親密さを装った。からだは分かち合ったけれど、ものごとを複雑にしないように、頭と心は使わなかった。そのことで寂しく空しい気分になったが、もうずっと前に頭の中の疑いや絶望の声を無視できるようになっていた。

僕はこれまでに夢見たすべてを手に入れていた。僕は尊敬されていた。一目置かれていた。ニュージーランドに島を買うことにして、頭金を送金したばかりだった。サンフランシスコにペントハウスを持ち、フィレンツェにはポンテベッキオを見下ろす別荘を持っていた。何かが欠けていると感じてもあまり気にしなかった。それが何であれ、そのうちに見つかるだろう。

アリソンだかメーガンだかが下におりてきて、僕たちは気まずい感じでそこに立ち、彼女の迎えのタクシーが来るのを待っていた。僕は弁護士と会う予定があり、それから仕事で1週間ニューヨークに滞在する。戻ったら電話すると彼女に約束した。彼女は電話番号を紙切れに書いた。さよならの乾いたキスをして彼女は出ていき、僕はその紙を台所の引き出しに入れた。電話番号の上に彼女の名前があった。アリソンでもメーガンでもない。エミリーだ。でもどうでもよかった。電話するなんて嘘だということはお互いにわかっていた。

二人の弁護士が僕をうやうやしくオフィスに迎え入れてくれた。投資家の友人がこの弁護士事務所を勧めてくれた。ブルネイの国王がアメリカに持つ資産を管理しているという噂だった。クライアントの名前は極秘なので、それが本当かどうかはわからない。会計士は僕の税負担を下げるために、特定資産を慈善事業に割り当てるような、取消不能の慈善信託を設定するよう助言していた。この弁護士事務所がそのための書類をつくってくれていた。

「ドゥティ先生、ポートフォリオを拝見させていただきましたが、かなりの資産をお持ちですね」

弁護士が言った。

「慈善信託にはいろいろな種類があります。会計士の方とご相談になられましたか？　あなたほどの価値のある方ですと、慎重にお考えになったほうがよろしいかと」

その言葉を自分に染み込ませた――あなたほどの価値のある方。

深く息をして、頭の後ろの方でいぶかしんでいる声を聞いた。僕は自分の価値を誰に向けて証明しようとしているんだろう？　自分に？　それとも世界に？

「ええ、相談しました。会計士からは取消不能の信託を勧められました」

「では、この手の信託の法的な制約もご存じですね」

「取り消しが不能ってことですよね？」笑わせるつもりだった。

企業弁護士はたいてい冗談が通じない。

「直接の節税効果を得るためには、取消不能にする必要があります。ということは、いったん設置すると、どんな変更も加えられませんし、資産を取り戻すこともできません。この場合には、アキュレイの株式です」

僕はアキュレイの株式を寄付することに決めていた。それは僕の資産の中でもっとも価値の高い株式で、数百万ドルにものぼる可能性があった。そのかなりの部分をテュレーンに、一部をスタンフォードに寄付する計画を立てていた。僕はスタンフォードで教えていたし、サイバーナイフが開発されたのもこの大学だったからだ。その頃までに兄はエイズで他界していたので、HIV／AIDS関連のチャリティーにも一部を寄付し、それ以外にも貧しい子供たちや困窮家庭を助けるさまざまなチャリティーに寄付することになっていた。一部は世界各地域にある病院を支援することにも使われる予定だった。

「わかっています」と言った。

「もし永久ということが心配でしたら、お亡くなりになるまでは取消可能にすることももちろんできます。そうする方もいらっしゃいますが、税金への影響が違ってきます」

「取消不能でやってください」僕は言った。このお金を寄付することは、僕にとって重要だった。考えを変えるつもりはなかった。

「すばらしい」最初の弁護士が言った。

「書類をおつくりします」

僕たちはそれから2時間、僕の株式と寄付したいチャリティーを見直した。それが終わる頃には、大物になった気がした。僕は寛容な人間だ。朝起きたときの寂しく空しい気分は消えていた。

ブルネイの国王が何だっていうんだ。

僕はファーストクラスでニューヨークに飛び、パレスホテルのスイートルームにチェックインした。偶然にも当時、ブルネイ国王はこのホテルのオーナーだった。親しい友人がこのホテルを経営していて、おかげでものすごく広いスイートルームに泊まらせてもらった。その週のハイライトはヘッジファンドマネジャーとの会合で、僕と投資家の友人に、彼が投資したシリコンバレーの会社を助けてもらいたがっていた。僕たちがかかわれば成功が約束されると信じ切っていた。そんな力はないですよと言って断ろうとしたけれど、彼は僕が謙遜しているだけだと思っていた。僕がそう言うと、投資家の友人がテーブルの下で僕の足を蹴った。

そのミーティングは、将来的な事業協力に関する話と、僕の持ち株の一部に〝カラー〟をつける話し合いが目的だった。僕の持ち株には数千万ドルの価値があったが、市場ではバブルが終わりそうな予兆も見えていた。株にカラーを設置することで市場が暴落してもあらかじめ決められた金額が僕の手に入り、もし値上がりしたときにはあらかじめ決められた金額で売却するので買い手が得をする。このやり方で投資をヘッジしておくように、何人かから勧められていた。

当時パレスホテルの中にあった高級レストランのル・シルクでその相手と待ち合わせた。僕たちはベリーニとサイドカーを飲んだ。ミーティングといっても形式だけで、彼は投資した会社の5割を僕たちに譲渡するかわりに、僕たちは追加の株式による資金調達を手伝い、戦略的なアドバイスをすることにすでに同意していた。少しそのことを話し合い、僕の持ち株の中でもっとも市場価値の高い、ネオフォーマにカラーをつけたいという話に移った。話し合いのあと条件で合意すると、彼は僕に書類を渡し、それを見直して完成させることになった。

黙ってそこに同席し、かなり飲んでいた友人が突然しゃべり始めた。

「6割欲しい」

ベリーニのせいで気が大きくなってしまったらしく、友人はその会社の過半数をよこせと言い出した。

「いまさらどういうつもりだ？」ヘッジファンドマネジャーが聞いた。

「さっき5割で手を打ったじゃないか」

「俺たちのアドバイスが欲しけりゃ、6割だ。じゃなきゃやらない」

アルコールのせいで欲が出たのか、支離滅裂になっていた。友人は相手につけ込もうとしていた。なぜそんなことをしているのか僕にはさっぱりわからなかった。僕は3割でもいいと思っていたし、ミーティングの前に友人にはそう伝えていた。

「5割と決まったんだ」

「そんなこと言ってたら、75パーセントにするぞ。じゃなきゃお前を切り捨てる」友人は怒鳴っていて、ほかの客がちらちらとこちらを見ていた。

その瞬間、すべてがはじけ飛んだ。ふたりが椅子から飛び出し、殴り合いになる前に僕は二人の間に割って入った。ル・シルクで乱闘騒ぎなんてありえない。屈辱的だった。

「くそ野郎」ヘッジファンドマネジャーが言った。

翌日自宅に戻ったが、投資家の友人には頭にきていたし、ヘッジファンドマネジャーに謝罪をしようと電話をかけたけれど出てくれず、心配だった。電話をかけ続けたが、いませんと言われ、秘書に伝言を残してくださいと告げられた。僕を避けているのはあきらかだった。

僕はニューポートビーチの自宅の中をうろうろした。この案件すべてにいやな予感がした。彼がやっと電話を返してきたのは6週間後だった。

でも、もう遅かった。

株式市場は崩壊し、誰もが狂ったように取り乱していた。株価は暴落し、人々は大金を失った。それは後にこう呼ばれることになる。

――ドットコムバブルの崩壊。

僕の資産価値は激減し、財務報告書を次から次に読んで、もうわかっていたことを確認した。あの7500万ドルは消えた。

消えたばかりか、株式の評価額をもとに融資を受けていたので、僕は数百万ドルの借金を背負い、事実上破産した。

残された唯一の資産で、額面通りの価値があった唯一の株式は、僕が倒産から救い出しゼロから立て直した会社、アキュレイだった。

だが、それは取消不能の信託に入っていた。

僕は一文無しだった。

一文無し以下だった。

僕の銀行口座のゼロの数が減るのと同じくらい急速に、友だちもいなくなったようだった。タダ酒も、タダメシも、高級レストランのVIP席もなくなった。僕はほぼ2年間苦しんだ。

ペントハウスも、車も、別荘も売り、島をキャンセルしてもまだ、借金が残っていた。毎月毎月、僕が必死に働いて得たものがなくなっていった。ティーンエイジャーの頃から憧れ、頭の中に思い描いてきたお金と権力と成功は、大きなバブルがパチンとはじけて消え失せた。それを出して見せたのも僕だし、消したのも僕だった。

「くよくよするなよ」数少ない残りの友だちが言った。

「またおまえのマジックを見せてくれよ」

あれは本当にマジックだったのだろうか？　たくさんのスタートアップへの投資も、それについてきた成功も、まぐれ当たりに思えた。たまたま手にしたものすごい富と権力に酔っていた。だが結局、僕は脳神経外科医で、テクノロジーの人間ではなかった。投資のスキルはいくらかあったし、何かを実現することや人を信じさせるのはすごくうまかった。必死に働き、集中し、ビッグなことを考え、他人を引き込み、それがありえないほどの成功を僕にもたらした。でも、僕のいちばんの強みは起業家としてではなく人を癒やすことで、それがすべての核になっていた。

僕は富と贅沢なライフスタイルを失ったことを嘆き、ニューポートビーチの家を出るべく荷造りをした日、空っぽで、自分を見失い、これまでになく孤独だと感じた。結婚にも失敗した。娘の人生からも締め出された。電話をかけて気持ちを伝えることができる人をひとりも思いつかなかった。物を追い求めて、人との関係をないがしろにしていた。いちばん誰かを必要としているときに、誰もそばにいなかった。

荷造りの最中に、古い宝物の箱を倉庫の裏で見つけた。大学時代以来、一度も開けていなかった。箱から古いノートを取り出し、ページをめくって、12歳のときに僕が人生で欲しかったもののリストを読んだ。ほかのページにも書き込みがあった。ルースが教えてくれたことや、ルースの言葉で僕が当時ピンとこなかった気になるフレーズが書き込まれていた。そのリストのすべてが僕の目の前に現れたが、いまはもう消えていた。

僕は最低のマジシャンだった。

ルースと過ごした6週間を、僕は4つのセクションに分けていた。からだを緩める。頭の中の声を止める。心を開く。なりたい自分をはっきりと思い描く。三つ目のセクションの上の余白に、「モラルのコンパス」という書き込みがあり、そのあとに「?」と書いてあった。そして「欲しいものが必ずしも自分にとっていちばんいいものとは限らない」という書き込みのあとには「???」とあった。

ほとんど空になった家のクローゼットの前の床に座り込み、本当に久しぶりに3回深く呼吸し、からだの隅々までリラックスさせ始めた。呼吸に意識を集中し、吸って吐き、吸って吐いた。気持ちが落ち着くのを感じた。それから心を開くことに集中した。少年だった大昔の僕と、大人になった僕に愛を送った。何かを失ったのは僕だけではないことを考え、食べ物も寝る場所もなく、子供を育てることにも困っている人たちすべてに向けて心を開いた。そして心の窓を思い浮かべると、それは曇っていた。窓の向こう側、つまり僕の未来は、どれほど目を凝らしても見えなかった。ルースに会ってから初めて、僕は次に欲しいものや、なりたい自分を思い浮かべられなくなっていた。窓の向こう側の自分が何になりたいのか、まったくわからなかった。

その瞬間、やるべきことがわかった。あのマジックショップに戻るんだ。ランカスターに帰ろう。もしかしたらまだニールがいるかもしれない。ノートを腕に挟んで、1台だけ残った車のキーをつかんだ。僕が最初に夢見た車、ポルシェだ。これだけは手元に残っていた。誰がなんと言おうと僕のものだ。

ランカスターまではたった数時間だ。

暗くなる前に着ける。

Part

心の秘密

10
心のコンパスに従う

僕の人生が映画なら、ランカスターに着いた僕をルースがあのマジックショップで待っていてくれたはずだ。90歳に届こうとしているルースは、老人というよりも賢人みたいになっているだろう。僕が来るのを予感して、あなたの失敗には理由があったのよ、と説明してくれたはずだ。

しかし人生は映画ではない。ランカスターに着いてマジックショップがあった場所に乗りつけると店はなくなっていた。ショッピングモール自体がもうなかった。僕は番号案内に電話して、ランカスターのマジックショップの電話番号を聞いた。マジックショップの掲載はなかった。近くのパームデールに、子供の誕生日パーティー向けのマジシャンの電話番号が掲載されていたので、その番号にかけた。

「もしもし、昔ランカスターにあったマジックショップを探しているんですが。ニールという男の人がやっていた店です。苗字は知らないのですが」

相手は黙っていた。

「マジシャンを探してるのかい?」男は聞いた。

「そうなんです。ニールという名前の。〈サボテンうさぎのマジックショップ〉という店をやってました」

「ここにはニールなんて名前のやつはいないよ。番号違いだと思うけど」

イライラを抑えて聞いた。「ランカスターのマジックショップに行ったことはありますか?」

「ランカスターにはマジックショップなんてないよ」少し迷惑そうな声だった。「いいマジックショップならロスに行かなくちゃ」

「昔あったんです。60年代の終わりに。店のこととか、オーナーのことで、何かご存じじゃないかと思って」

「俺は1973年生まれだからね」

ため息が出た。ダメだ。

「ありがとうございました。お邪魔してすみません」

「そういえば、80年代に閉じたマジックショップがランカスターにあったって聞いたことがある。カードやなんかをつくってたって。結構有名だったらしいけど、名前は思い出せないな。ロスのマジックキャッスルで聞いてみたら？　あそこなら昔のやつらがたくさんたむろしてるから」

もう一度礼を言い、電話を切った。

車から降りて歩きだすと、それが毎日店まで自転車で通った道だと思い出した。何もかも変わっていた。ランカスターはそれなりの町になっていて、子供時代の何もない砂漠の田舎ではなくなっていた。あのいじめっ子たちと鉢合わせした広場を通ると、子供たちが笑いながら遊んでいた。その横の教会も昔通りだった。変わらないものもある。あの夏、僕たちが住んでいたアパートまで歩いて戻った。ほとんど昔と変わらず、ただ僕の記憶よりも一層古びて朽ち果てていた。僕たちの部屋は1階で、30年前に僕が自転車を立てかけていたポーチに、自転車があった。角を曲がって兄と僕の部屋があったところまで行った。窓は破れたカーテンで少し覆われていたけれど、窓の桟の上にフィギュアが見えたので、芝生が剝げて地面が丸見えの庭から少し近くに寄ってみた。キャプテンアメリカとアベンジャーズだった。僕も同じ窓の桟にアクションフィギュアを置いていたのを思い出した。僕のはＧＩジョーと、キャプテンアクションとナポレオン・ソロだったけれど。

振り向くと昔よく登った木があった。両親のけんかから逃げたいとき、ひとりになりたいとき、寂しくて泣きたいときに登った木だ。もう少し奥の回転草とがらくたのある場所まで歩いていって、あたりを見回した。数秒間、ただその原っぱを見下ろして立っていた。ワクワクしながら自転車に飛び乗り、ルースに会いにいった、あの少年に戻ったような気がした。いつも通った道に沿って、原っぱを横切った。突然、クラクションの音で現実に引き戻された。

ふと、自分が何を探しているのか、なぜランカスターに戻ったのかよくわからないことに気がついた。ルースはもうここにはいない。まだ生きていたとしても、故郷はオハイオだ。苗字さえ知らなかった。何か大切なものを見落としているように感じながら、車に戻った。どうしてここに来たんだろう？　いったい僕は何を探していたんだろう？

助手席にあのノートがあった。それを手に取って、書き留めたルースの言葉を読みはじめた。心のコンパス。その言葉に下線が引いてあった。さっき読んだときには下線に気づかなかった。その言葉の両端に赤いインクで☆印が描かれていた。残りのページをめくった。ほかに下線や☆印はなかった。どうしてこのフレーズだけ？　僕は目を閉じて、ルースがその言葉を言ったときのことを思い出そうとした。あのけんかの日だ。一度だけ遅刻した日だ。ルースが心を開くことについて話してくれた日だ。奥の部屋の椅子に座っていた自分と、あのにおいを思い出し、歌の歌詞か詩のように、切れ切れの記憶が少しずつ蘇ってきた。

わたしたちの誰もが、人生の中で痛みを感じる状況を経験するの
それを「心の傷」って呼ぶのよ
それを無視するといつまでも治らない
でもときには、心に傷を負ったときこそ、心が開くものよ
心の傷がいちばんの成長のチャンスになるの
困難は魔法の贈り物なのよ

僕は目を開けた。その日家に帰ろうとすると、ルースが駐車場まで僕についてきたことを思い出した。

「コンパスって知ってる？」ルースは聞いた。

「もちろん。方向を教えてくれるものでしょ」

「心はコンパスなの。いちばん大切な贈り物よ、ジム。もしいつか道に迷ったら心を開きなさい。そうすれば、正しい方向に導いてくれるわ」

余白に書かれたほかの言葉も読んでみた。欲しいと思っているものが、いちばんいいものとは限らない。そうルースは警告してくれていた。欲しいものを思い浮かべる前に心を開い

て、その力を賢く使うように教えてくれていた。僕はそうしなかった。何もかも間違っていたのだろうか？　お金が欲しいと思っていた。でも、お金を手に入れても、いつまでもこれで充分だと思えなかった。何年も前に始めたマジックショーが、いま終わってしまったみたいだった。僕は次々とトリックを繰り出し、拍手は鳴りやまず、ショーは続き、大金が積み上がった。それでもまだ僕は、ルースに出会った日のように、独りぼっちで、怯えて、自分を見失っていた。でも心の奥底では、お金が消えてしまったいま、どこか完全に解き放たれたと感じている自分がいた。

どんなマジックも、永遠には続かない。

翌朝、電話の音で目が覚めた。もう10時を回っていた。ベッドの中には女性もいなかったし、株価をチェックするために早起きする必要もなくなっていた。眠りにつくとき、心が開かれる様子を目に浮かべ、心のコンパスに正しい方向に導いてほしいと願った。すると、この何年もなかったほど、すやすやとよく眠れた。

電話はあの弁護士からで、すごい知らせがあると言った。

「どうした？」

「信託書類を見直していたら、まだ書類が未完成で、申請もされておらず、手続きが最後まで終わっていないことに気づいたんです。どういうわけか完了していなかったと考えられます。見落としていた項目がありました。あなたの意思と各チャリティーに割り当てる株式数を書き忘れていたんですよ。上司に確かめましたが信託に資産を入れる必要もありませんし、書類を完了する必要もありません」

僕はベッドの端っこで、受話器を握っていた。最後の最後に家賃が舞い込んできたときみたいに、マジックが効いたんだろうか？

「ジム、いますか？　聞こえます？」

「聞こえてるよ。知らせてくれてありがとう」

「どうしましょうか？」宝くじに当たった男みたいに僕が飛び上がってよろこんでいないことに、相手は驚いていた。信託に入れたはずの株式の価値がどのくらいか知らなかったが、もう一度億万長者になれるくらいであることは知っていた。ただ何もしなければいい。

「かけ直すよ」そう言って電話を切った。

人間が昔から変わらず信じている幻想のひとつが、富が幸福をもたらし、お金がすべての問題を解決するという思い込みだ。いまその大部分を取り戻せることになったのに、それも問題だった。僕は慈善団体に約束していた。父はいつも空手形ばかりだったけれど、僕は約束を破るような人間にはならないと自分自身に誓っていた。

みんなが理解してくれることは知っていた。この状況の僕に、残った資産のすべてを差し出せと言う人はいないはずだった。誰も僕を責めることはない。実際、二つの大きな慈善団体の寄付担当者は、書類に署名したあとでも、多額の寄付を引っ込める人はいくらでもいると言っていた。そんなことはしょっちゅうだ。状況は変わる。僕の状況も変わった。もう大金をポンと差し出せる立場にはない。

待てよ、そうなのか？

僕は目を閉じて、心が開かれる様子を思い浮かべた。過ちだらけの自分に愛とゆるしを送った。両親に愛を送り、彼らが最善を尽くしてくれたことに感謝した。どこにいるかわからなかったけれど、ルースに愛を送った。いままで出会ったなかでいちばんやさしい人だったから。そして貧困に苦しむすべての子供に、依存症の親を持つすべての子供に、独りぼっちでそれを自分のせいだと感じているすべての子供に、愛を送った。自分の価値や大切さを疑ったことのあるすべての人に、お金が自分の価値を決めると思っているすべての人に、愛を送った。僕は目を閉じて心を開いた。人生で一度も感じたことのない何かを感じた。心の奥深くの平穏と、すべてがうまくいくという確信だ。でも今回は、手術台の上で血を流しながら白い光の方に川を流れていく自分ではなかった。

目を開けて受話器を取り、弁護士に電話した。

「信託書類に署名して、計画どおりすべてを寄付するよ」

弁護士は言った。「冗談ですよね？」

「いや、冗談じゃない。やってくれ」

電話を切る間際に、弁護士の「なんてことだ」と言う声が聞こえた。そして静かになった。

僕は億万長者ではなくなったけれど、まだ脳神経外科医だ。食べていけないわけじゃない。普通に見れば裕福に暮らせるし、大金持ちじゃないだけだ。もう一度やり直して、今度こそお金ではない本物の価値と値打ちのある人間になるんだ。子供だった僕にルースが教えたかったのはこのことだった。でも、痛い目にあわないと学べないこともある。

その後、2007年にアキュレイは上場され、時価総額が13億ドルにもなり、僕の慈善信託は3000万ドルもの価値を持つようになった。もしそうなるとあらかじめ知っていたとしても、僕の決心は変わらなかっただろう。あの瞬間、僕は解き放たれて、心のコンパスに自由に従った。それはお金に代えられないものだった。お金が幸せと自由をもたらしてくれるという間違った思い込みに僕を駆り立てていた付き物がとつぜん落ちた。富が幸せをもたらす方法は、たったひとつだとわかった。それは人に与えることだ。

僕は自由になった。

脳は謎に満ちているが、心にも秘密がある。僕はそれを解き明かそうと決めた。マジックショップで始まった旅は、僕を自分の内面へと導いてくれた。でも旅はまだ終わっていなかった。今度は自分の外へ出て旅をしなければならない。頭は、人間を区別し、一人ひとりが別の人間だということにしたがる。自分と他人をくらべ、違いを見出し、限られた資源の取り分を確保する方法を教えてくれる。でも心は人をつなげ、分かち合おうとする。人間には違いがなく、結局僕たちはみんな同じなのだと教えてくれる。心はそれ自体が知性を持つ。そこから学ぶことができれば、僕たちは何かを与えることによってのみ、何かを持ち続けることができるとわかる。幸せになりたければ、他人を幸せにするしかない。愛が欲しいなら愛を与えなければいけない。よろこびが欲しければ他人をよろこばせなければならない。ゆるしを得るにはゆるさなければならない。平和が欲しければ自分の周りに平和を生み出さなくてはならない。

自分の傷を癒やしたいなら、他人の傷を癒やせばいい。

もう一度、医師であることに集中するときだった。

ルースが心のコンパスと呼んでいたものは、迷走神経を通して脳と心臓の間でやり取りされる、ある種のコミュニケーションだ。脳が心臓に送るよりもはるかに多くの信号を心臓は脳に送っていて、人体の認知と感情のシステムは知性を持つこと、また心臓から脳への神経結合はその逆よりはるかに多いことは研究で証明されている。人間の思考と感情はどちらも強い力を持っているが、強い感情が思考を黙らせることができる一方で、思考によって強い感情を追い出すことはほとんどできない。実際、何かを反芻したり、ひっきりなしに考えてしまう引き金は、強い感情だ。僕たちは、頭は合理的で心は人間的だと考えがちだが、つまるところ頭と心はひとつに結ばれた知性の一部だ。心臓の周りの神経網は、人間の思考と理性に欠かせない部分だ。個人の幸せと人間全体の健全さは、頭と心の融合と協調に左右される。ルースが僕に与えてくれた訓練は、体の中の二つの頭脳、つまり頭と心の両方の脳をひとつにすることを助けてくれるものだった。それなのに、僕は何十年も心の知性を無視してきた。僕を貧困から救い出し、成功へと導き、価値を与えてくれるのは頭だと思っていた。でも結局、本当の価値を与えてくれたのは心だった。脳は多くを知っている。だけど、心と一緒になったとき、脳ははるかに多くを知ることができる。

ルースが教えてくれたことは、いまではマインドフルネスと視覚化(ビジュアリゼーション)と呼ばれているものだ。それは心を落ち着け、邪念を取り去り、内面へと旅するための素晴らしいテクニックだ。それは集中力を上げ、意思決定のスピードを上げてくれるが、知恵と洞察、つまり心を開くことが伴わなければ自己陶酔とナルシシズムと孤立につながりかねない。この旅は内面に向かうだけでなく、外とつながるためのものでもある。内に向かって心を開けば、僕たちは自分の心とつながり、その心は僕たちを外に向かわせ、他者とのつながりを促してくれる。この旅は終わりのない内省ではなく、自分を超えて外に向かっていくものだ。株式トレーダーが瞑想のテクニックを使うのには理由がある。そうしたテクニックは集中力を高めてくれるだけでなく、残念ながら場合によっては非情にもしてくれるからだ。頭に思い描く前に気をつけなさいとルースが注意してくれたのは、このことだった。人は欲しいものをなんでも生み出すことができるけれど、生み出す価値のあるものが何かを教えてくれるのは心の知性だけだ。

孤独と不安と鬱は、この世界に、とくに西洋に蔓延（まんえん）する病だ。気力と人とのつながりが、足りなくなっている。アメリカ人の25パーセントは、問題を打ち明けられるような親しい人がいないという。つまり4人にひとりは話し相手がいないということで、このつながりのなさが健康に影響を与えている。人は人とのつながりによって生きている。人間はお互いに協力し、つながり合うように進化してきた。このつながりが断ち切られると、人は病気になる。人とのつながりが多いほど、人間は長生きし、病気からの回復も早いことが研究でも示されている。事実、孤立と孤独は、早期の病気と死に至る、喫煙よりも大きなリスクなのだ。本物の人とのつながりは、精神の健康に深い効果がある。運動や減量よりも健康にいい。それは気分をよくしてくれる。人とのつながりは、麻薬や酒やチョコレートによって活発化するのと同じ脳内の報酬系を刺激する。言い換えると、孤独だと病気になりやすく、人とつながると病気が治りやすいということだ。

僕は最後に残った資産を差し出すことで、ルースと過ごしたときには幼すぎて理解できなかったレッスンを学んだ。ルースが教えてくれたマジックのグランドフィナーレは、人生をよりよい方向に変えるには他者の人生を助けるしかないという、究極のレッスンだった。

ルースはテクニックと練習法を教えてくれたけれど、僕と一緒に過ごし、僕に関心を注ぐことで、いちばん大切な本物のマジックは何かを教えてくれた。それは、自分の心の傷だけでなく、周囲の心の傷を癒やす、共感の力だ。

それがいちばん大きな贈り物で、何よりも偉大なマジックだ。

11 心のアルファベット

——2003年、ミシシッピ

過ぎてしまえばすべてが美しく見えるものだ。医師の仕事に戻ってから、僕はニューポートビーチでの人生を振り返った。そしてすべての過ち、すべての誤った判断、いちばん大切なものを見失っていたこと、それらすべてをかけがえのない経験だと感じた。1968年に僕がルースに語った夢は医師になることだったけれど、全財産と友人のほとんどを失ったあと、医師であることが僕の最強のマジックだと知った。

ドットコムバブルの崩壊後、どうやって前に進んだらいいかわからなかったし、スタンフォード大学で脳神経外科の臨床教授として働き続けたいかどうかもわからなかった。起業家への興味はほとんどなかった。これまでに脳神経外科の弱い病院や、脳神経科学センターを立ち上げたい病院に、コンサルタントとして助言を行ったことはあった。最高の脳外科治療を提供したかったし、とくに貧困層が大多数を占める地域でそうしたかった。

ある日、なんの前触れもなく、ミシシッピ南部の公立病院へのアドバイスを求められた。その場所は、僕の母校のメディカルスクールのある、大好きなニューオーリンズから1時間の場所で、しかも旅費も出してくれるというので、行くことにした。その病院は、地域の低所得者向けに包括的な医療を提供する病院だった。多くの医師は、この手の報酬の少ない診療には二の足を踏む。そのうえ、この地域の場合には、大規模な医療営利法人が経営する病院に多くの専門医が集まっていて、それが状況を悪化させていた。脳神経外科の診療が不十分なだけでなく、神経科、整形外科、脳卒中ケアの診療科も欠けていた。僕はその状況を分析し、病院管理者に、医師への職の提示方法に問題があると説明した。この仕事は地域の中核的な医療センターを一緒につくりあげていくチャンスだと医師たちに説明すべきだと僕は言った。医師のプライドに訴え、最初に医師という職業を選んだときに彼らの中にあった志に訴えるべきだと。一緒に世界を変えようと協力を求めるべきだった。

そのための地域医療センターの設立には大金が必要だった。プレゼンテーションのあと、理事会は全員一致で脳神経科学地域医療センターへの資金投入を決めた。ただし、僕がセンター長に就任することが条件だった。それは僕にとって、医療を本当に必要とする地域に大きなインパクトを与えるプロジェクトを率いるチャンスだった。僕は同僚や友人に相談したが、どうして北カリフォルニアの快適な気候や、主要な学術機関の集まる活発で知的なコミュニティーからわざわざ離れる必要があるのかを、誰も理解してくれなかった。だが、何度もミシシッピを訪れ、素晴らしい人たちに出会い、本当にそれが必要とされていることを目のあたりにして、僕はやることに決めた。かなりの短期間で、僕はセンターの発展に本気で協力してくれる優秀な仲間を集めることができた。

アメリカ人の多くは、医療の質と効果において、ほとんどすべての基準で自分たちの国が先進国のなかでもっとも医療費が高く、患者の満足度が低いことを知らない。また、アメリカ以外の先進国は例外なく皆保険制度をすべての国民に提供し、はるかに安いコストでいい結果を出しているということも、わかっていない。

幼少期の貧困はその人の健康と将来に大きな影響を与える。もちろん、自分自身の経験から僕はこのことをよく知っているが、ミシシッピに移ると、この現実がふたたび身近になった。あるとき、救急外来から呼び出しを受けると、発作を起こして無反応になった子供が、呼吸のため気管への挿管を受けていた。緊急スキャンを行うと、右の側頭葉に大きな塊があり、それが脳と脳幹を圧迫していた。両親によると、その子はしばらく前から中耳炎で苦しんでいたという。保険がなかったので、無料のクリニックで看護師に診てもらっていた。抗生剤が効かなかったので、何度もクリニックに戻っていたが、痛みが増し、ひどい頭痛を訴え続けていた。でも医師に診せるお金がなかった。前日に、その子は頭が混乱し意識が朦朧としはじめたのに、両親は熱のせいだと思った。発作が起きてやっと、両親が救急外来にその子を連れてきた。車がないので隣の人に送ってもらってここにたどりついた。

僕が検査室に入ると、その美しい子供が呼吸器につながれていた。怯えた両親がベッドのそばにいた。自己紹介をして、さっと子供を診ると、右の瞳孔が大きく開き、左はわずかに開いていた。反応はなく、検査結果も脳死が迫っている兆候と一致していた。すぐに手術しなければ命が危ないことを両親に告げ、部屋を出るように頼んだ。スキャンを見ると、大きな塊は外耳道のある右の乳突部から側頭葉まで広がっていた。簡単に治療できるはずの中耳炎が乳突部に感染し、それが脳に広がって脳膿瘍になったことは、両親の話からあきらかだった。いまの時代に、このような脳膿瘍にはめったにお目にかからない。急いで準備をしてその子にドレープをかけ、側頭葉周辺の髪を刈り、皮膚麻酔を打ち、頭皮に切り込みを入れ、脳膿瘍の部分にドリルで穿頭孔（せんとうこう）を開けた。そこに注射針を刺して吸引すると、シリンジが膿でいっぱいになった。膿の量が多すぎて、シリンジを3回も交換しなければならなかった。

それから手術室に移したが遅すぎた。その子は脳死状態になっていた。僕は手術室を出て、待合室に行った。両親が立ち上がった。その姿から二人が失望に慣れっこになっているのがわかった。その子を救うために手を尽くしたけれどかなわず、脳死してしまったこと、いまは機械で生かされていることを両親に伝えた。涙を流して嘆いたあと、彼らは僕に礼を言ってくれたが、彼らの人生でこれまで彼らを気にかけて力を尽くしてくれる人がいなかったことに、僕の心は痛んだ。

中耳炎や保険のないことが原因で、子供が命を落とすようなことがあってはならない。

そのほぼ2年後、ハリケーン・カトリーナがこの地域を襲った。ここを出られる人は、すぐに出た。だが、それができない多くの人は、大打撃を受けた場所に留まるしかなく、復興には何年、何十年とかかりそうだった。嵐が過ぎ去ったあと、僕はここに留まるか出ていくかを決めかねていた。僕はこのコミュニティを助けに来て、本当に助けが必要な人たちを治療することによろこびを感じていた。僕たちは、未来に続く地域のための支援センターをつくりあげていた。

この頃までに僕は、アキュレイ株を寄付する少し前に出会った素晴らしい女性と再婚していた。僕たちには幼い息子がいて、妻は、僕の長時間勤務とハリケーン・カトリーナのもたらした荒廃のために、ここに留まることに難色を示していた。結局妻と子供はカリフォルニアに戻り、僕はミシシッピに留まって、6週間から8週間おきにカリフォルニアに行くことにした。

仲間も友人も僕が妻と一緒にこの場所を離れないことを理解できないと言った。じつのところ、そのほうが簡単だったけれど、それではこの病院を地域の中核的な医療センターにするというビジョンを信じてくれて、いまでは親しい友だちになったコミュニティーのみんなに合わせる顔がなかった。それから2年間、僕はここに留まり、そのあとも数年間このセンターに深くかかわった。そして、ここは何年も前に僕が夢に描いた地域医療センターになった。僕はとうとう自分より大きな何かをつくりあげ、ここを去ることができた。富を失ったあと、僕は他者を助けることに没頭し、貧しい人の求めに応えるこのセンターに全力を傾け、ある意味で、金と権力を求めてきた長年の罪を洗い流したような気持ちになっていた。

カリフォルニアに帰ることになったとき、スタンフォードに戻りたいと強く願っている自分に気がついた。また、ルースの教えの何がそれほど強く響くのかを考え、その核心にあったのは心を開くことだと気がついた。意志を持って、優しく思いやりのある行動をすることだ。僕のいちばんの興味は、脳と心臓がどう働き、どうかかわりあっているかを理解することにあった。共感と、優しさと、思いやりは、脳のどこかに刻まれているのだろうか？

スタンフォードの脳神経外科に戻った僕は、心理学科と神経科学科の同僚たちと、この分野でどんな研究がなされているかについてディスカッションを始めた。すると、少数の研究者が、共感と利他主義と思いやりがどのように脳の報酬中枢に影響を与え、それが人の周辺生理機能にいかにいい影響を与えているかについての画期的な研究を行っていたことがわかった。つまり、共感と思いやりは人間の健康にいいということだ。この研究は僕の最優先課題になり、僕はふたたびルースに教わったスキルに注目し、さらに自分が経験した教訓を反映させて、このスキルを改善していった。あのノートはハリケーン・カトリーナで家が浸水してダメになってしまったが、僕は、ルースが教えてくれたことについて新しい理解を得られることを期待して、あれから数十年たったあとに彼女との会話をいつも頭の中で再生していた。ルースの教えのメリットを科学的に証明するような研究に、僕は没頭した。心を開くとはどういうことかを研究し、ここがいちばん大切だとルースが強調したのはなぜなのかを理解したかった。ずっと昔に目標を書き出したように、僕は新たに10項目のリストをつくった。心を開く10カ条だ。

僕はそのリストを大事に寝かせておいた。何度も何度も読み返していると、突然ゴロ合わせが頭に浮かんだ。CDEFGHIJKだ。僕が学んだことの一つひとつをこれで思い出すことができる。いわば、心のアルファベットだ。昔マジックショップの奥の部屋で教わった瞑想の練習を続けながら、僕は毎朝このアルファベットを唱える新しい練習を始めた。全身をリラックスさせ、心を落ち着けたあと、このアルファベットを唱え、その日の目標としてだけて、10項目のひとつを定める。頭の中で何度も何度もそれを唱えた。それは医師としてだけではなく、人間としての僕の軸になった。このアルファベットのおかげで僕は毎日を強い意志とともに始めることができた。

心のアルファベット

共感とは、他者の苦しみに気づき、その苦しみをやわらげようとする意識だ。他者に共感するには、自分に共感しなければならない。自分に厳しくあたりすぎ、他者に差し伸べるのと同じやさしさを自分にゆるさない人は多い。自分に本当にやさしくできなければ、愛とやさしさを他者に与えることはできない。

尊厳は、どんな人にも生まれながらにして与えられているものだ。人は誰しも、その存在を知られ、認められる価値がある。わたしたちはよく、見かけや話し方やふるまいで他者を判断してしまう。多くの場合、そうした判断は否定的であり、間違っている。わたしたちは他者を見て、こう考えなければならない。「彼ら

はわたしと同じ。わたしの望みも彼らの望みもひとつ。それは幸せでいること」。他人を見て、自分自身を見るとき、僕たちはつながりを求め、人の役に立ちたいと思っている。

E Equanimity

平静とは、困難なときにも気分にムラがないことだ。それはいいときにも悪いときにも役に立つ。というのも、人はいいときの高揚した気分を保とうとする傾向があるからだ。でもその高揚を保とうとすれば、悪いものから逃げるときと同じように、いまここにいることができなくなる。気持ちの高まりを保ち続けるのは現実的でもないし、可能でもない。失望につながるだけだ。いいことも悪いことも長くは続かない。気持ちを一定に保つことで、頭と意志が澄みわたる。

F Forgiveness

ゆるしは、人間が他者に与えられる最高の贈り物だ。そして、自分にとっても最高の贈り物だ。怒りや憎悪を誰かに抱くことは、誰かを殺すために自分が毒を飲むようなものだ。絶対にうまくいかない。それは自分を毒することになる。他者との関係も毒される。世界への見方も毒される。結局それは、自分を牢屋に閉じ込め、鍵を持っているのに開けようとしないようなものだ。人はみな、はかなく脆い存在で、人生のいろいろな局面で、自分の意に反して、誰かを傷つけたり苦しめたりしてしまう。

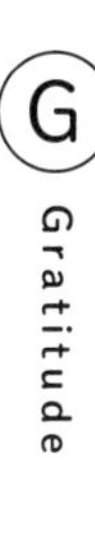

感謝とは人生の恵みを認めることだ。たとえそれが痛みと苦しみに満ちていたとしても。世界中で多くの人が苦しみ、痛みを抱えていることはあきらかだ。よりよい人生への希望を持てない状況にいる人は多い。それなのに、わたしたち、とくに西洋人は、お互いを見くらべて嫉妬したり羨んだりしてばかりいる。ほんの一瞬の時間を割いて感謝するだけで、気の持ちようが大きく変わる。突如として自分がどれほど恵まれているかに気づく。

H Humility

謙虚さは、多くの人にとって実践の難しい資質だ。人はみな、ありのままの自分や、自分が成し遂げたことにプライドを持っている。自分がどれほど重要な人間かを他人に知らせたがる。自分が他人よりどれだけ優秀かを示したがる。だが実際は、そんな気持ちは不安の表れだ。人はみな、自分の価値を自分以外の人に認めてもらいたがる。だが、そうすることで自分と他人を切り離してしまう。それは独房に入れられるのと同じで、寂しいだけだ。誰しも自分と同じように、いいところも悪いところもあることを認め、お互いを等しい存在として見ることができたとき、人は本当につながり合える。人の心を開き、お互いを無条件に気にかけさせるのは、この人間性のつながりだ。他者を自分と同じ存在として見ることだ。

I Integrity

誠実さには意志が必要だ。誠実であるにはまずあなたにとっていちばん大切な価値を決め、他者とのかかわりの中でその価値を絶えず実践しなければならない。人の価値観は簡単に崩れ、最初は崩れたことに気づかない。だが、一度誠実さを曲げてしまうと、二度目ははるかに曲げやすくなる。最初から不誠実を目指す人はいない。油断せず、真摯に励まなければならない。

J Justice

正義とは、正しいことがなされるのを見たいという、すべての人の中にある欲求の表れだ。リソースと特権のある人にとって、正義を手に入れることはそれほど難しくない。だが、わたしたちは弱い人や貧しい人の正義を守らなければならない。弱い人のために正義を求め、彼らを気にかけ、貧しい人に与える責任が、わたしたちにはある。それがわたしたちの社会と人間性を決め、人生に意味をもたらす。

Kindness

思いやりとは他者の身になって考えることで、共感の主要な一部だ。それは、自分への見返りや賞賛を求めずに他人が大切にされるのを見たいと思う気持ちにほかならない。親切な行いはその受け手だけでなく送り手にも役立つことが、研究でも証明されつつある。親切な行いは波のように広がり、友だちや周囲の人を親切にする。それは、人から人へと感染し、社会を正しい方向に導く。思いやりはよい気分を生み出し、いずれ自分に戻ってくる。自分が他者から思いやりを受ける番になる。

Love

無償の愛は、あらゆる人とあらゆるものを変える。愛にはすべての美徳がある。愛は傷を癒やす。最後に癒やしをもたらすのは、テクノロジーでも医療でもなく、愛だ。愛こそが人間を人間たらしめている。

このアルファベットは僕自身を僕の心につなぎとめ、心を開いてくれる。このおかげで、僕は意志と目的をもって毎日を始めることができる。そして、1日の中でストレスを感じたり、弱い自分を感じたとき、これらの言葉が僕をいるべき場所に戻してくれる。これは僕の意志の言葉だ。僕の心の言葉だ。

もしルースがここにいたら、僕がついに心を開くことを習得したとわかってくれると思う。そして、このことがすべてを変えてくれた。

心臓は1日に10万回鼓動し、入り組んだ血管系を通して2000ガロンもの血液を送り出している。その血管を延ばすと6万マイル、つまり地球2周分を超える長さになる。古代エジプト人は、心臓を「イブ」と呼び、それが死後も生き続け、来世にその持ち主に審判を下すと信じていた。幸福は「アウト・イブ」と呼ばれ、文字どおり「心の広さ」を意味していた。不幸を表す言葉は「アブ・イブ」で、「断ち切られた、または孤立した心臓」という意味だった。古代でも現代でも、多くの文化で、心臓は魂のすみかであり、精神の宿る秘密の場所とされている。子供を亡くした親の話を読むと、心臓が痛む。愛が終わると、心臓が壊れたように感じ、ときには実際に壊れてしまうこともある。拒絶されたり、辱めを受けたり、忘れられたと感じると、まるで心臓が閉じて小さくなっていくように、固く縮こまるのを感じる。逆に、強烈な愛情や深い苦しみといったプレッシャーのもとでは、心臓が割れて大きく開かれ、二度と元に戻らなくなる。これは実際に起きる現象だ。実際に、たこつぼ型心筋症(ブロークン・ハート・シンドローム)と呼ばれる症状もある。

僕の心臓を大きく開いてくれたのは、財産を失ったことではなかった。長い間追いかけ続けた富を失ったことで、自分が解き放たれたのは確かだ。でも、ずっと心を閉ざし続けたことからくるプレッシャーが、最後に僕の心を割って開く原因になったのだ。ルースは「あなたが欲しいと思っているものが、あなたにとっていちばんいいものとは限らない」と言っていた。僕は間違ったものを追いかけ続けた。あまりにも長いあいだないがしろにされた心臓はいつか声を上げるということだ。

僕はルースへの約束を思い出した。いつかこのマジックをほかの人たちに教えるという約束だ。それがどのようなかたちで起きるかはわからなかったけれど、僕は毎晩その姿を目に浮かべる練習に励んだ。白衣姿の自分が、つらい思いをしている患者やその家族を抱きしめている様子を目に浮かべることもあれば、舞台に立つ自分の姿を見ることもあれば、偉大な哲学者や宗教的なリーダーと話をしている場面を想像することもあった。僕は昔から無神論者だが、ルースとの日々と、自動車事故のあとの臨死体験をしょっちゅう思い出し、たとえ宗教を信じなくても、心を開くことはできるし、人知を超えた何かがこの世に存在すると知ることは可能なのだとわかった。いろいろな意味でそれもまたルースの贈り物だった。完璧な答えは必要ないということを受けいれたのだ。

人はみんなつながっていると僕は感じる。僕は他者の中に自分を見る。そこに自分自身の欠点と失敗と脆さを見る。人の精神の力と宇宙の力を見る。愛が僕たちをつなぐ接着剤だと深い部分で知っている。ダライ・ラマはこんなふうに言っている。

「わたしの宗教は思いやりです」

それが僕の宗教になった。

僕はこれまでいつも他者を気遣ってきたし、医師として患者のことを深く気にかけている。

だが、意志の力で心を開く練習は、痛みを引き起こす。ときにはあまりに強烈な痛みに耐え切れなくなる。痛みのせいで心が開かないこともあれば、いまこのときに集中できないこともある。それでも、ルースが教えてくれたように本当に心を開くと、痛みへの反応が実際に変わる。僕は痛みから逃げる必要がなくなった。痛みに寄り添った。痛みに寄り添うことで、自分自身とつながり、本当の意味で他者とつながることができた。患者との関係も変わってきた。聞くことにもっと時間を割き、一人ひとりに心を開くように努めるようになった。患者の症状を聞き、彼らの心を聞く。聴診器ではなく、自分の心で。

聴診器は1816年にフランスの医師が発明したものだ。女性の胸に直接耳を当てて心臓と肺の音が聴くのが恥ずかしかったので、24枚の紙を円錐形に丸めて、間接的に聴くことにしたのだ。医師と患者の距離は時を経てますます開いていった。患者の声に耳を傾け、時間と注意と意識を向けるだけで、彼らの気分がよくなることに僕は気がついた。患者一人ひとりにその人の物語を話してもらい、その苦労や成果や痛みを認めた。すると、それがどんな薬よりも痛みをやわらげ、ときには手術よりも効いた。脳外科手術には大量のテクノロジーと先端機器が必要だが、僕が脳神経外科医として成功できたのは、心を開いて患者を気遣い、患者に寄り添ってきた結果だと学生や研修医に伝えている。

もうひとつの驚くべき変化は、どこに行っても自分とまったく変わらない人たちを見るようになったことだ。スーパーの店員、夜遅く病院を清掃してくれる用務員、信号のところに立つ物乞いの女性、フェラーリをものすごいスピードで飛ばす男性。その一人ひとりに、僕と同じく、彼らの物語があった。一人ひとりに行く道があった。みんながときにもがき、苦しんできた。無一文から大金持ちまで、彼らは僕と同じだった。

僕はこれまでの自分の人生の物語を話しはじめた。僕は貧乏を自分のアイデンティティだと思い込み、そのアイデンティティにとらわれているあいだは、どんなに富を積み上げても、いつも貧困から抜け出せなかった。毎日訓練を続けるうちに、僕は父と母に心を開き、彼らをゆるすことを学んだ。かつての幼い自分に心を開き、共感を見つけた。自分の犯したすべての過ちと、自分の価値を世界に証明しようとした愚かさに心を開き、謙虚さを得た。そうするうちで、飢えていたのは世界中で自分だけではなかったことを知った。怯えていたのも僕だけではなかった。寂しさや孤独を抱え、人と違っていると感じていたのも僕だけではなかった。僕は心を開き、自分の心が出会うほかのすべての心とつながる力があることを知った。

それはつらく、また美しく、そして同時に不思議なことだった。

12

「適者生存」の本当の意味

なぜだかはっきりとは説明できないが、僕は昔からオペラが好きだった。言葉が一言も理解できなくても泣いてしまう。おそらくそこに生の感情と、言葉を超えた情熱が大胆にさらけ出されるからだろう。オペラは知的に分析できるものでもなければ、頭で考えるものでもない。心でしか感じられない。ほとんどの外科医は手術室で音楽をかける。患者を落ち着かせ気持ちを楽にする効果があるし、手術チームを集中させ活気づけるのに役立つからだ。手術前に音楽を聞いた患者は不安が減り、痛み止めや鎮静剤が少なくてすむことが研究でも示されている。瞑想と同じで、音楽は心拍数を抑え、ストレスを減らし、血圧を下げる。患者だけでなく執刀医を落ち着かせる効果もある。

僕が手術中に音楽をかけるときには、音量を下げ、いちばん気を使うところではだいたいクラシック系の静かな曲にする。終わりに近づくと、音量を上げロックの名曲をかける。でも絶対にかけないのはオペラだ。手術中の僕は機械になりきる。手術前の患者は共感や感情のつながりを求めるかもしれないが、手術中に求められるのは技能と技術と冷静な判断だ。患者は手術台で僕に泣いてほしいとは思っていない。気にかけてほしいとは思っていても、それが自分の命を救う妨げになるなら話は別だ。

軍隊での脳神経外科医としての立場を離れたあと、僕の新しいクリニックでの最初の患者のひとりがジューンだった。ジューンの生きがいはオペラだった。僕のクリニックを初めて訪れたときの彼女は、生き生きとしたエネルギーとぬくもりを振りまいていた。いつもハイヒールを履き、あなたがどんな名医だか知らないが、歌とパスタという二つの情熱だけはどんなことがあっても諦めないと早々と宣言した。それが命にかかわるとしてもだ。

ジューンはあちこちを旅するオペラ団のソプラノで、オペラは彼女の仕事であり、人生で何よりも大切なものでもあった。いつも診察中にお気に入りのオペラについて話した。アイーダ、ヨハン・シュトラウスのオペレッタ、カルメン。彼女の診察はいつも長引いた。国中を巡っている彼女の公演の話が面白かったからだ。ジューンは人の感情を揺さぶることが好きだった。

「おかしいと思われるかもしれないけど、わたしの歌で観客が泣くとすごくうれしいの。彼らの心に触れたとわかるから。そのときに、観客とつながったことがわかるの」

ジューンは激しい片頭痛を訴えていた。頭痛は薬で抑えられたが、左島皮質の隣に居座った大きな動脈瘤は薬ではどうすることもできなかった。それは脳の優位半球にある表情の動きに関連する領域だ。頭痛をきっかけに検査でこぶが見つかり、頭痛の直接の原因ではなかったものの、それが彼女のいちばん大切なものを奪い、死に至らせる可能性もあった。

「どこが悪くても、声と歌唱力に傷がつくようなことはしたくないの。それがわたしのいちばん大切なものだから」とジューンは言った。

ジューンに悪い知らせを伝えなければならなかった。

彼女の動脈瘤は直径が1センチを超える大きさで、すぐに処置する必要があると何度も診察のたびに説明した。僕は焦っていたが、ジューンにはこの繊細な手術についてゆっくりと繰り返し説明することが必要なことも知っていた。僕はこの手術をそれまで何度も執刀していたが、それでも僕よりはるかに経験のある他の脳神経外科医にも相談してみることを勧めた。残念ながら、本当に深刻な症状の患者に対して、治療とそれに伴うリスクを淡々と伝えるだけの脳外科医もいる。医師にとってはいつものことでも、この手術が患者やその家族にとって人生の一大事だということを理解していない人もいる。セカンドオピニオンのためにジューンが診てもらった二人の脳神経外科医はそんな感じだった。彼女は怯えきって僕のところに戻ってきた。自分が人間ではなく診断対象でしかないと感じたようだった。

ジューンはおそらく誰よりも時間を必要としていた。そして、僕は症状がゆるす限りそれを与えようとした。新人医師だった頃でも、僕は患者と時間を過ごすことが医療の一部だと知っていた。つまるところ医師が診るのは差し迫った不安と恐れを抱えた生身の人間だ。患者は故障した機械じゃないし、医師は機械工じゃない。

ジューンと対話を重ねるごとに、彼女の不安が少しずつ消えていくのがわかった。彼女は自分の物語を語る必要があったし、僕がそのストーリーに耳を傾け、彼女を人間として認めたことを知る必要があった。僕たちはいい友だちになった。結局、手術を任せられるのは僕だけだと言ってくれた。患者にそこまで信頼されるのはうれしいが、患者が友だちとなると話は別だ。手術の前日、彼女がお気に入りのアリアを歌ったCDを僕にくれた。その夜、僕は書斎に座り、目を閉じて彼女の歌を聴いた。

ジューンの手術の当日、僕は子供時代に流行ったロックの名曲をかけることにした。ストレッチャーで手術室に入るとき、スピーカーからビートルズの「愛こそはすべて」が流れるのを聴いて、彼女はあたたかく笑った。うとうとして眠る前にジューンが聴いた最後の言葉がそれだった。麻酔が効いたあと、彼女をストレッチャーから手術台に移し、尖ったピンのついたヘッドクランプを取って彼女の頭に着けて固定した。ピンが彼女の頭皮を貫いて頭蓋に食い込むのが感じられた。彼女の頭を右に向け、少し首を伸ばした。彼女にとって外見がとても重要だとわかっていたので、剃髪は最小限にとどめた。血管造影図を見直して、左脳の大部分に血液を送っている動脈の上の大きなこぶを確認した。動脈瘤は中大脳動脈の分岐点にできていた。頭皮を切り、皮をめくって頭蓋を出した。いつもは人間を守ってくれる頭蓋だが、いまは邪魔だった。開頭器で頭蓋を開き、取り外した頭蓋を消毒済みタオルの上に注意深く置いた。硬膜、つまり脳を覆っている繊維質の組織が見え、その真下には動脈瘤があって心臓と同じリズムで鼓動していることはわかっていた。

もしそれが破裂すれば、脳卒中を起こし、声を失うか、命を落とす危険がある。

ゆっくりと硬膜を開いていると、外側溝の前頭葉と側頭葉の間に突き出た動脈瘤のこぶが見えた。ここからが本番だ。顕微鏡の位置を定め、超小型メスで脳表面から繊細な薄膜を切り分け、外側溝を開いて動脈瘤の根元に近づき、クリップで留める。血流を遮断する必要があるからだ。動脈瘤をむき出しにすると、その壁が紙一枚の薄さだとわかった。顕微鏡の高密度の光を通して、膨れて波打つ壁の中で血が渦巻いているのが見えた。いつ自然に破裂してもおかしくなかった。その壁の一部とこぶの根元は周辺の脳にぴったりと張り付いていて、破裂させずに切り離すことがなおさら難しい状態だった。僕はゆっくりと、これまでにないほどゆっくりと切開を続け、こぶの根元とそこに密着した瘢痕（はんこん）組織の間にクリップを挟めるだけの細い道をつくった。１ミリほどの余分なスペースもなかった。

もし僕の手元が狂ったら破裂してしまう。僕のミスは彼女がいちばん大切にしているものを奪ってしまう。歌だ。僕は振り向いて、いろいろな種類のクリップを見直し、台にクリップをのせ、彼女の命を奪いかねない波打つ動脈瘤に向き直った。とつぜん心の目にジューンの顔が浮かび、その歌が蘇った。旋律に乗った彼女の声が聞こえた。そして話すことも歌うこともできなくなった、麻痺状態の彼女を思い浮かべてしまった。クリップを握る僕の手が震えだした。かすかな震えではなく、ガクガクと震えていた。そのまま続けることはできなかった。

ジューンは僕の友だちだった。彼女は声が世界で何よりも大切だと言っていた。僕は大丈夫だと約束した。すべてがうまくいくと約束した。

手術中に患者の人間性とつながることは、執刀医にとって致命的だ。手術は技術演習でなければならない。患者を物体として見なければならない。自分と同じ人間に何が起きるかと考えてしまったら、動揺して手術ができなくなる。僕は死ぬほど恐ろしくなった。これまでそんなことはなかったのに。

あまりにも激しく手が震えていたので、いったん手術を中断して腰掛けなければならなかった。僕は目を閉じて呼吸に集中した。息を吸い、ゆっくりと吐いた。頭を空っぽにして、恐れがそこにとどまれなくなるまで、呼吸を続けた。心を開かなければならないときもあるが、外科医としての技術と能力に頼らなければならないときもある。絶対的な技術者としての能力に。これは僕がこれまでに何度もやってきたルーティーンだ。僕が誰よりも得意なことだ。恐れは去り、意識が澄みわたり、落ち着きを取り戻した。クリップが留まって動脈瘤がきれいに切除されたイメージが頭の中に見えた。ジューンの開いた頭蓋に向き直り、顕微鏡の焦点を動脈瘤に戻して、さっきつくった隙間にクリップをゆっくりと導き、そこに入れたクリップの口をゆっくりと閉じた。それからこぶに針を入れ、残りの血液を吸い出した。こぶがふたたび膨張することはなかった。怪物にとどめを刺し、危険は去った。ジューンはまた歌える。僕はゆっくりと硬膜を閉じ、頭蓋をもとに戻し、頭皮を縫合した。最後の仕上げをしているとき、手術の初めと同じ音楽が流れているのに気がついた。

「愛こそはすべて、愛こそはすべて」

ジューンは抜管されて回復室に戻された。僕はへとへとになって座り込み、術後の指示を書き始める前に、数分間目を閉じた。ジューンを想い、手が震えたことを思った。突然ジューンの声が聞こえた。

「ドゥティ先生はどこ？　話したいの。いますぐ話させて」

僕はジューンのところまで近づいていって手をとった。

「ジューン、どうだい？」

彼女は僕の目をじっと見つめ、彼女が見たかったものをそこに見た。

「大丈夫、大丈夫よ。ありがとう」

それから手を伸ばして僕にハグし、手術が成功したことに気づいて泣きだした。

数時間後に病院から帰る車の中で、ジューンが何日か前にくれたCDをかけた。最初の数小節が始まったところで、僕はアクセルを踏んで、高速道路を家へと向かった。

突然、ジューンの歌うカルメンのアリアが車内を満たした。ハバネラ、「愛は野の鳥」だ。音量を上げ、窓を開け、顔に風を当てた。ジューンは才能に恵まれていた。その歌で人の心を動かすことができた。その声で人の心に触れ、録音を通してでも、人とつながることができた。

僕たちはみんな、人とつながる力と才能を持っている。音楽であれ、芸術であれ、詩であれ、他者の話を聞くことであれ。心と心がお互いに対話するには、無数のちょっとした方法があり、歌は僕の心に話しかけるジューンの方法だった。

その音楽に、僕の心臓は疼いた。彼女の声には、えもいわれぬ美が宿っている。僕は気持ちがさまようのに任せ、もし手術が失敗していたらジューンはどうなっていただろうと思い、涙がこみ上げるのを感じた。ジューンがこれからもその才能を世界と分かちあえることに感謝し、さらに涙がこみ上げた。僕はオペラは歌えないけれど、彼女にとってそれがどれほど大切かを感じることはできた。その瞬間、家が恋しくなった。愛する人たちを抱きしめたくなった。そして感謝の気持ちでいっぱいになった。ジューンを助けられたことに感謝した。医師であることに感謝した。

心を開いて人生を送れば傷つくこともあるが、心を閉じて人生を送るほうがもっとつらい。僕は脳神経外科医として超然とすべき自分と、他者とのつながりを追い求める自分との間に折り合いをつけられずにいた。

ルースのことをしょっちゅう考え、子供のときに聞いたことを大人になって聞いてみたかったと願っている自分に気づいた。どうして？　なぜルースは僕に手を差し伸べてくれたんだろう？　多くの人がそうしてくれなかったときに？　ルースは裕福ではなく、彼女自身も問題を抱えていたのに、彼女の心は開かれていて、助けの必要な誰かがいるのを見て、手を差し伸べてくれた。それなのに、あれほど多くを持つ人たちが、苦しんでいる人のためにほとんど何もしないのはなぜだろう？　そして、物質的には何も持っていない人が、自分より恵まれない誰かにすべてを差し出すのはなぜだろう？　ルースのような人がわざわざ助けの手を差し伸べる一方で、苦しんでいる誰かに背を向ける人がいるのはなぜだろう？

こうした疑問は、ただの哲学的な内省ではなかった。僕は厳格な科学的研究に没頭し、同じ領域を研究しているほかの人たちと協力しはじめた。これまでは脳の謎を探求してきたが、今度は心の秘密にも同じだけの学究的な厳格さと自然科学をあてはめることに力を注ぐときがきていた。

それ以来僕が学んだのは、共感は本能であり、おそらく生まれながらに深くそなわったものだということだ。最近の研究では、動物でさえものすごい努力と代償を払って、苦境にある同じ種の仲間を、または別の種であっても助けることが証明されている。ケガをしたサルはお互いを看病し合い、赤ちゃんふくろうは同じ巣の赤ちゃんに餌を分け与える。岸に打ちあげられたざとうクジラをイルカが救ったこともある。人間は動物よりさらに本能的な共感の力を持っている。人の脳には、お互いを助けたいという願望が埋め込まれている。他者を助けたいという願望は、幼い子供にも見られる。

僕たちの脳の一部に、中脳水道周囲灰白質と呼ばれる領域があり、ここと眼窩前頭皮質との結合が人のふるまいに大きな役割を果たしている。痛みや苦しみを抱えた人を見ると、脳のこの領域の活動が活発になる。つまり人間は、助けを必要とする人を助け励ますようにできている。また、他者に何かを分け与えると、脳の快楽と報酬系が刺激され、何かをもらったときよりも大きな快楽を感じる。誰かが親切にふるまったり、他人を助けているのを見ると、自分も思いやりのある行動をとるようになる。

ダーウィンの適者生存を、情け容赦ない最強の者が生き残るという意味に誤解する人は多いが、じつは、適者生存とは長期的な種の保存のためにいちばん親切でいちばん協調性のある者が生き残るということだ。人間は協力し、子供を育て、全員の利益のためにともに繁栄するよう、進化を遂げてきた。

僕はあの日ジューンのそばで泣いた。ほかの患者のそばで泣いたこともある。でもあれ以来一度も、そうした感情が手術の妨げになったことはない。人を気遣い、誰かの痛みを感じることは、恥ではない。それは美しいことで、僕たちがこの世にともに存在する理由もそれだと思う。

この本の執筆中に、ルースが1979年に乳がんで亡くなっていたことを知った。確かなことはわからないが、ルースは、僕が自分の心を開き、他人の心を開くよう努力してきたことを、きっと誇りに思ってくれるはずだ。そして、彼女が直感で知っていたことを僕が科学的に証明したいと願っていることを理解してくれると思う。脳と心臓が協調すると、人はより幸福で、より健康になり、他人に対して自然に愛と親切と気配りを表現するようになる。僕はこのことを直感的に知っていたけれど、科学的な裏付けが必要だった。それが共感と利他主義を研究しはじめた動機だ。人間がどうしてそんなふるまいをするように進化してきたかということだけでなく、それが脳と、最終的には人の健康にどんな影響を与えているかを理解したかった。あきらかに、共感が健康にきわめていい影響を示すような証拠があった。僕の目標は、この分野の研究をすでに進めていた少人数の研究者に加わることだった。個人的にはもうその効果を知っていたが、この知識を使って人々の生活を向上させる方法を生み出せないかと考えていた。僕がその役に立てるだろうか?

すでに神経科学や心理学の研究者たちと、予備的な調査を始めていた。その結果は明るかった。数週間に一度会って、直近の研究や今後のプロジェクトについての話し合いも始めた。この非公式の研究を、僕たちは「共感プロジェクト」と呼んでいた。最初は僕のポケットマネーで研究を行っていた。あるミーティングでダライ・ラマの名前が挙がった。この分野の有名な研究所がダライ・ラマの励ましで瞑想と共感の脳への影響を調査したという話からだ。

その数日後、スタンフォードのキャンパスを歩いていると、ダライ・ラマの姿が突然頭に浮かんだ。スタンフォードに来てもらい、僕たちと共感について話し合えたら素晴らしいと思ったのだ。僕は仏教徒でもないし、ダライ・ラマについては、2005年にスタンフォードに来て、依存症と欲求と苦しみについて語ったことくらいしか知らなかった。それでも、彼がふたたびここを訪れる姿が頭から離れなかった。2005年の訪問は、メディカルスクールの学部長の妻がダライ・ラマのファンだったことがきっかけだと知った。スタンフォードのチベット研究プロジェクトのメンバーのひとりが、ダライ・ラマを紹介してくれたという。僕がその人に連絡すると、その人は応援するよと言って、ダライ・ラマの通訳者を紹介してくれた。元僧で、当時もう25年も法王に仕えていたトゥプテン・ジンパという人物だ。僕はジンパと電話で話し、ジンパは2008年にダライ・ラマがシアトルに来たときに僕と会う段取りをつけてくれた。

そんなわけで、なんとダライ・ラマに会えることになった。

スタンフォードから何人かの代表が僕と一緒にシアトルに行くことになった。医学部の宗教科の主任、脳神経科学研究所の所長、きっかけをつくってくれたチベット研究の教授、そして資金を提供してくれそうな寄付者だ。ダライ・ラマを招こうと思いついたときには、想像もしていなかった個性的な面々がそろった。

ホテルの部屋で会い、自己紹介をすませると、僕は共感への自分の興味や、脳神経外科医としての経歴や、最近始めた共感に関する予備的な研究について話し、スタンフォードでの講演をお願いした。ダライ・ラマは、共感についての研究と科学について、いくつか深い質問をした。僕が答え終わると、彼は僕を見てほほ笑んだ。そしてこう言ってくれた。

「ええ、もちろん行きますよ」

ダライ・ラマと同じ空間にいることは、本当に特別だった。そこには彼が発散する絶対的で無条件の愛があり、長いあいだ息を止めたあとに胸いっぱいに息を吸い込んだような気持ちになった。自分以外の誰になる必要もなく、すべてを受けいれてもらえた。それは深い感情で、言葉ではなんとも説明できない。すぐに僧が大きなカレンダーを持ってきて、スケジュールの空きを探した。訪問の日が決まった。突然ダライ・ラマが通訳者とチベット語で厳しい調子のやりとりを始めた。それがしばらく続いているあいだ、スタンフォードの一団は黙って座っていた。僕が何かまずいことをしたんだろうか？　ダライ・ラマを怒らせてしまったのだろうか？　何を話しているんだろう？

僕は汗をかき、不安になった。

その会話は突然終わり、通訳者のジンパが僕に向き直ってこう言った。

「ジム、法王はあなたの志と努力にいたく感心して、研究に個人的な献金をなさりたいとおっしゃっています」

その額を聞いて、僕は言葉を失った。前例のない金額だった。ダライ・ラマは自著の売り上げから慈善基金を創設し、チベット関連のチャリティーや活動にあてていた。これまでさまざまな慈善団体に少額を割り当ててはいたが、今回の寄付はチベット以外の活動に贈るものとしては最大だった。僕たちは全員、雲の上に浮いているような気分でミーティングを終えた。法王はスタンフォード大学での講演を快諾してくれただけでなく、資金提供者になってくれるという。信じられなかった。あとになって、ミーティングに同席したある人が、ダライ・ラマがどうしても僕の研究に寄付しなければと感じたことが、その対応からわかったと言っていた。

1週間後、以前に面識があり僕の研究に興味を持っていたグーグルのエンジニアが電話をくれて、ダライ・ラマとの会合のことを聞き、その寄付に心を動かされて、自分も寄付したいと申し出てくれた。最終的に、3人とも信じられないほどの金額を寄付してくれた。非公式に始まったプロジェクトが、いまやメディカルスクールの学長によって公式なものになり、脳神経研究所の所長と脳外科部長の支持を得て、「共感と利他主義研究教育センター（CCARE）」として発足した。さらにすごいことに、ケンブリッジ大学の博士でもある通訳者で元僧のジンパは、そのうち親しい友人になり、その後3カ月にわたって月に1週間をともに過ごし、CCAREの設立を手伝ってくれた。また彼と心理学科の同僚たちが、共感を育む訓練プログラムの開発にも手を貸してくれ、これまでに数千人がこのトレーニングを受け、いまもその効果について僕たちは研究を続けている。このトレーニングの力を世界のさまざまな地域に広めてくれる指導者の研修も行い、その指導者たちが今後さらに多くの指導者を育ててくれることは間違いない。

CCAREは設立以来、共感と利他主義に関する研究の先駆者としてまたリーダーとして認められ、こうした行いが個人の生活、教育、ビジネス、医療、社会正義、市民行政に大きな影響を与えるように後押ししてきた。このセンターが闇を照らす光となり、人が他者の人生に与える力を証明し、こうした行為が医療や健康や長寿に与える価値を実験的に検証できることを、僕たちは願っている。

僕は人間が他者の人生に与える影響力を、経験から知っている。CCAREを通して多くの人にその力を知ってもらえることを願っている。CCAREは、ルースが僕に頼んだこと、つまり彼女のマジックを他者に教えることを実現するためのひとつの方法だ。もうひとつの方法は、ほかの医師を導くことだ。

13 みんなの旅が始まった

西洋で「医学の父」とされるヒポクラテスは、2300年以上前に、生徒たち一人ひとりに、医学を実践するにあたってもっとも高い倫理基準に従うことを誓わせた。多くの人が、ラテン語の「まず何より害をなしてはならない」という言葉を医学の核になる信条として記憶し、その言葉を最初に口にしたのはヒポクラテスだと思っている。だがそれは間違いだ。この言葉を初めて使ったのは、17世紀イギリスの医師トーマス・サイデンハムで、彼の書いた医学の教科書は200年間も使われ続け、そのため「イギリスのヒポクラテス」と呼ばれている。

アメリカや世界の多くの地域では、この20年間、医学部の新入生は授業がはじまる前に「白衣授与式」でこの誓いを立て、その後、医師のお手本となるような人物が感動的なスピーチで新入生を歓迎するのが習わしになっている。

ニューオーリンズのテュレーン・メディカルスクールを卒業して30年後、大学の学位もなく成績も最低だった僕を受けいれてくれたあの学長が、僕に電話をかけてきて、その講演者になってほしいと言う。それを聞いたときの気持ちは言葉では言い表せない。僕が、このジム・ドゥティが、メディカルスクールを受験するなど「みんなの時間の無駄」だと言われたダメ学生の自分が、母校の白衣授与式の講演者になり、医師を目指す志高い新入生全員のお手本として彼らの前に立ってほしいと頼まれたのだ。

人生が僕をどこまで連れていってくれるかに、いつも驚かされてばかりだ。

あとになって振り返れば、人生の点と点をつなげることはたやすいが、渦中にいるときには、点と点がつながって美しい姿を描き出してくれるとはとても思えないものだ。僕は人生の成功も失敗も予想できなかったけれど、そのすべてが僕を以前よりもいい夫に、いい父親に、いい医師に、いい人間にしてくれた。

僕は癒やしをもたらす人間としての自分の役割を真剣にとらえている。ルースの教えは僕の心を開き、やさしさと共感でその真剣さに方向を与えてくれた。ルースのマジックのおかげで、僕は大学にもメディカルスクールにも行けると信じ、もっとも難しく大変な脳神経外科の研修を終えるための武器を手に入れ、アメリカでも最高峰のメディカルスクールの教授にまでなった。

また、ルースのマジックのおかげで僕は勇気をもってリスクを取り、どんな結果になっても大丈夫だと安心できた。破たん寸前の医療機器会社を買い取り、そのテクノロジーが多くの命を救うと信じてすべてをかけることができたのもそのおかげだ。自分が欲しいと思っていたもの、僕を幸せにしてくれて、望みどおりの人生をかなえてくれると思ったもの、つまりお金を投げ出すリスクを取れたのも、それがあったからだ。お金があってもなくても僕は僕だ。人生をコントロールできる人間なんて実際にはどこにもいない。僕はありもしない幻想を追いかけ、それを手放したことでいちばん大切な贈り物を手に入れた。澄みわたった意志、目的、そして自由だ。

僕の宗教は、ダライ・ラマと同じ、「思いやり」だ。審判を下す神もいなければ、長々しい教義もない。それはまた、誰にも優越感を感じさせず、すべての人が等しいことを認める考え方だ。それが共感と思いやりがどのように人の心身の健康と長寿を左右するかについての研究に僕を向かわせた。

スピーチの準備をしながら、僕はこうしたすべてのことに思いをめぐらし、さらに多くのことを考えた。医師になるためのつらい旅の入り口に立つ学生に、僕は何をあげることができるだろう？　これからのキャリアの道のりでいつも携えておける何を、僕は与えられるだろう？　ルースのことを考え、いまも毎日僕とともにある彼女の教えについて考えた。毎朝目が覚めたら唱え、日中も何度も何度も唱える、強力な心のアルファベットについて考えた。気遣うことと愛することを僕に教えてくれた患者たちのことを考えた。死を考え、この世にいる時間がどれほど短いかを考えた。

僕はからだを緩め、心を落ち着け、心を開き、欲しいものを思い浮かべることを学んだ。僕が何よりも欲しいのは、人がお互いを傷つけず、お互いに助け合う世界だと気づいた。僕は心のコンパスに行くべき道を先導してもらい、どこに着いたとしてもそこが自分のいるべき場所だと信じることを学んだ。人はみな基本的に同じ脳と心臓を持ち、それらを変える力も、まったく新しいものにする力も、すべての人のためにそれを使う力もあると学んだ。生まれた場所や、職業や、持っているもので人を判断しないことを学んだ。そうしたもので自分を判断しないことも学んだ。昔は、僕の置かれた状況は、自分が悪いせいだと思っていた。お金がなければ自分に価値がないと思い込んでいた。だが、生まれた環境は自分のせいではなく、環境に自分を決めさせてはいけないことに気がついた。すべての人が大切で、価値があり、尊厳と敬意ある扱いに値する。すべての人は愛される資格がある。そしてすべての人が挑戦したりやり直したりする機会を与えられるべきだ。

人にはそれぞれ物語があり、その物語には必ずつらく悲しい部分がある。僕たちはどんなときでも、目の前の人のありのままの姿とその未来の可能性を見ることを選べる。ルースは、怯えて孤独な少年だった僕の中に傷ついた心を見た。人はみんな傷を負っている。そして僕たち全員にそれを癒やす力がある。ルースは僕の癒やしに手を貸してくれた。あなたにも同じことができる。いつでも愛を与えることができる。赤の他人に向ける笑顔は、贈り物になる。他者を断罪しないことは贈り物だ。自分や他人へのゆるしは贈り物だ。共感の行いの一つひとつが、奉仕の心の一つひとつが、この世界と自分自身への贈り物だ。

僕たちは共感の時代の入り口にいる。人はこの世界での自分の居場所に理解を求め、満ち足りて幸福になる道を求め、変革の方法を探している。ルースは僕に合った方法を教えてくれたし、彼女の洞察と技術がそうさせてくれたのだと思う。他のやり方を見つけ、心を静め、心を開いている人もいる。いまはそれが意識の中の共感のさざ波であっても、さざ波はいつか大きな波にもなりうる。

僕たちはつながりの旅の途中にいる。それはこの地上で他者に心を開き、全員が兄弟姉妹であることに気づく旅だ。ひとつの共感の行いに気づけば、それが次の共感の行いにつながり、地球全体に広がっていく。最後には、人がどれだけ深く愛し合うか、お互いを大切にし合うかが、この星と人類の生き残りを左右することになる。「愛と共感なしに人は生きられない。それがなければ、人類が生き延びることはできない」とダライ・ラマは言う。医学だけでなく、人生においてそれは真実だ。人に仕える仕事を始めようとする若い学生たちに、この価値をどう伝えたらいいだろう？

僕はテュレーンの講堂の壇上に上がり、１２００人の学生と教師と家族を見渡した。期待に満ちた学生の顔が見えた。大昔の自分の白衣授与式を思い出そうとしたが、講演者もスピーチの内容も思い出せなかった。実際、僕が覚えていたのは白衣を受け取って誓いを唱えたことだけだった。

話しはじめると、大きな感情の波が押し寄せた。僕の旅を語り、小学生のときに出会った医師について語り、僕を信じてくれたルースという女性について語った。ここにいる全員が、誰かの人生をよりよい方に変える力を持っていると語った。患者の人生だけではなく、周囲のすべての人生を変える力があると語った。笑顔だけで、やさしい言葉だけで、それができることもある。医学は変わっても、医療はいまだに高貴な仕事だと伝えた。それから心のアルファベットについて語り、それぞれの文字と意味を伝えた。愛のＬで締めくくろうとしたとき、声が震え、涙がこみ上げるのを感じた。

「生まれながらにして完璧な人生などありません。苦しい現実から逃れることもできません。しかしまた、美しい心と心のつながりからも逃れることはできないのです」

最後の言葉の前に、少し間をあけた。客席の若者のなかに、大昔の自分を見た。

「今日、みなさんは誓いを立て、行く道を決めました。この道は人生でもっとも深く暗い谷へとみなさんを連れていくでしょう。そこでみなさんは、トラウマや病気が命を破壊し、人間がほかの人間にどんな害を与えられるか、そして自分自身にどんな害を与えられるかを見るはずです。ですが、その道はまた、みなさんを人生の高みへと連れていき、そこでみなさんは、臆病者がありえないような力を発揮し、説明のつかない治癒をもたらし、共感と思いやりが人の病を治すことを知るでしょう。その経験を通して、みなさんは神の顔を見ることになるのです」

僕は最後の言葉に集中していたので、観客にあまり注意を払っていなかった。スピーチが終わるところで、たくさんの人が泣いているのに気がついた。壇上の同僚を見ると彼らも泣いていた。そして僕の頬にも涙が流れていたことに気がついた。とつぜん、全員が立ち上がって拍手しはじめた。彼らが称えていたのは、僕と僕の旅だけでなく、共感とこれまでにないほど大きな人間性へと向かう僕たちみんなの旅だった。

舞台の袖でたくさんの人が待っていて、僕に礼を言い、泣き、そのスピーチが彼らの心をどう開いたかを伝えてくれた。

自分の人生とルースのことを考えた。そして彼女の言葉とそのマジックの力をあらためて感じた。その力はすべての人の中に生き、解き放たれるのを待っている。それは僕たち人間がお互いに与えあうことのできる贈り物だ。

僕は講堂を出て、顔に太陽のぬくもり感じた。立ち止まって目を閉じ、ただそこにいる自分をゆるした。

大丈夫だった。

僕は大丈夫だ。

僕はあのマジックショップで脳の謎と心の秘密を発見する旅を始めたが、じつをいえばそれを発見するのにマジックショップは必要ない。自分の頭の中と心の中をじっくりとのぞいてみるだけでいい。

あなたがマジックを起こせるかどうかは、あなた次第だ。それを誰かに教えるかどうかも、あなた次第だ。脳と心が力を合わせるとき、誰もが驚くようなマジックが起きる。それはイリュージョンでも手品でもない。

そのマジックは本物だ。

ルースは僕に最高のマジックを教えてくれた。それは僕があなたに教えられる最高のマジックだ。

謝辞

スタンフォード大学メディカルスクールに設立された「共感と利他主義の研究教育センター（CCARE）」の創設者兼所長として、僕は自分の幼少期の話を何度もしてきたし、共感と人々の人生を変えるその力についての研究に打ち込んできた理由についても繰り返し語ってきた。僕の人生の物語をいつ本にするのですかと折に触れて訊ねられたが、本の執筆を避けてきたのには、いくつかの理由がある。ひとつには、それでなくても忙しい中で、本を書くのはかなりの時間と努力を要することだ。おそらくそれよりも大きな理由は、自分の人生のつらく悲しい時代に引き戻されてしまうことがわかっていたからだ。

気持ちが変わったのは、ケープタウンでデズモンド・ツツの80歳の誕生日のお祝いに出席し、そこで幸運にもアイデア・アーキテクツのダグ・エイブラムスに出会ったときだ。当時、ダグがツツ大主教の出版エージェントだとは知らなかった。しかも、彼がCCAREのイベントに何度も足を運んでくれていたことも知らなかった。ダグは僕の物語が彼の心をどれほど打ったかを語り、これを本にすれば多くの人の心に届くはずだと言った。しかもダグは、この話を本にして、自分の父親に届けたいと僕に訴えた。それにノーと言えるはずがない。

人生の多くのことは独りでは成し遂げられない。この本の出版もまさにそうだ。ダグの人脈と人望のおかげで、ペンギンランダムハウスの傘下にあるエイブリーの敏腕編集者キャロライン・サットンと組むことができた。彼女の支えによって、僕の物語は本としての命を得た。契約を結ぶと、僕は突然引き受けた重荷を実感したが、幸いなことに編集ディレクターのララ・ラブが伴走してくれることになった。ララは執筆と編集のあいだずっと、僕を導いてくれた。この本が成功したとすれば、それはすべて、彼女が文章に手を入れ、重要なディテールを物語に命を吹き込み、僕をやさしく促して居心地の悪い場所やつらい思い出を引き出してくれたおかげだ。ほぼ2年にわたって一緒に仕事をするあいだに、ララは僕の親友になった。彼女の友情に心から感謝している。

僕の素晴らしい妻であり人生のパートナーであるマーシャにも感謝したい。彼女の支えを当たり前だと思わないように努力している。脳神経外科医と結婚するということは、大事な節目に一緒にいられなかったり、夜中に出かけて行ってへとへとになって帰ってくる夫を見守らなくてはならないということだ。そんな思いをしても、妻は人々の人生を変えてくれる共感の力を広めるための僕の努力を支えてくれた。そのことに永遠に感謝する。

僕の人生の旅路をこれまで助けてくれた多くの人と、いつも道を示してくれた多くの人にも、お礼を言いたい。

解説

マインドフルリーダーシップインスティテュート代表　荻野淳也

「これは、本当に実話なのだろうか？」読者の多くがそのように感じるかもしれません。もちろん、著者のジム・ドゥティ博士は、実在の人物であり、彼が設立したＣＣＡＲＥはスタンフォード大学に存在します。ＣＣＡＲＥの研究はいまや世界中の人々から注目を浴び、わたしが日本でお伝えしている、グーグルが開発したマインドフルネスに基づく人材開発プログラム「サーチ・インサイド・ユアセルフ」でもその研究成果を参考にしています。

マインドフルネスとは、「余計な評価判断を手放して、あるがままの『いま』に注意を向けている状態であり、『いま』にしっかりと気づいている状態」をいいます。ルースのマジックは、じつは、マインドフルネスを鍛錬する伝統的なワーク（瞑想法）なのです。

マジック１「からだを緩める」は、「ボディスキャン」と呼ばれる瞑想で、自己認識力（セルフアウェアネス）、つまり、いまの自分自身への気づきを高めるワークです。

マジック２「頭の中の声を止める」は、「注意力のトレーニング」と呼ばれるマインドフルネスの基本のワークです。呼吸などの１点に注意を向けることによって、「頭の中の声」いわゆる雑念が静まっていきます。

マジック3「心を開く」は、「慈悲の瞑想」そして「わたしと同じ（Just like me）」と呼ばれる瞑想で、他者への思いやりや共感を高め、目の前の人や出来事をあるがままに受け入れることを促します。

マジック4の「なりたい自分を描く」は、自分の理想像を鮮明に描くことにより、目標への具体的な行動を計画し、実行することを可能にします。また、未来をポジティブにとらえ、自己肯定感を高めます。

ドゥティ博士の実話は、まさにマインドフルネスが人生を変える鍵となっているのです。

本書の物語はまるで映画のストーリーのようで特別な人生のように思えます。そしてわたしたちは思うのです。「彼の人生にくらべて、自分の人生なんて平凡そのものだ」と。

でも、決してそんなことはない。わたしは、リーダーや人材の育成という職業柄、多くの経営者、また、一見平凡なビジネスパーソンや主婦、学生と思える人々の人生に深く関わることがあります。彼らに寄り添い、これまでの人生で起こった数々の出来事、誰にも話せない心の葛藤を打ち明けられ、そして、深く思うことがあるのです。それは、「どの人生も特別であり、普遍的である」ということ。どの人生にも、苦しみと悲しみ、そして、よろこびと幸せに満ちています。誰もが人生の壁にぶち当たり、恐れ、葛藤し、でも、勇気を持って、前に進もうとしています。そのどれもが特別で感動を覚えます。

そして、わたしたちが心の奥底に抱えている誰にも話せない葛藤や恐れほど、誰もが経験している普遍的なものなのです。だからこそ、それを勇気を持って告白したとき、その物語が人の心の琴線に触れ、共感や勇気がわいてくるのです。あなたの人生も誰かに勇気を与えうる、かけがえのない物語です。だから自分の人生を他人と比較する必要はないのです。

大事なのは、自分の人生が「特別である」ということに気づけるかどうか、余計な評価や判断を手放して、あるがままに自分の人生を見ることができるかどうか、そのときに立ち上がってくる多くの発見に気づけるかどうかなのです。

何よりも勇気を持って、行動を起こすこと。人生の扉を開いていくのは自分自身の行動でしかないのです。マジックは奇跡ではなく、自分で起こすもの。日々の行動の積み重ねの結果がマジックなのです。

まずは心を開き、行動を起こしてください。葛藤や恐れを乗り越え、行動を起こし続けてください。そうすればいずれ、本書の主人公のように、あなた自身が予定していた以上の素晴らしい人生を歩んでいることに気づくことでしょう。

著者略歴

ジェームズ・ドゥティ

James R. Doty, MD

スタンフォード大学医学部臨床神経外科教授。スタンフォード大学共感と利他精神研究教育センター（CCARE）の創設者兼所長。ダライ・ラマ基金理事長。カリフォルニア大学アーバイン校からテュレーン大学医学部へ進み、ウォルター・リード陸軍病院、フィラデルフィア小児病院などに勤務。米陸軍では9年間軍医として勤務した。最近の研究対象は、放射線、ロボット、視覚誘導技術を使った脳および脊髄の固形腫瘍治療。CCAREでは共感・利他精神が脳機能に及ぼす影響、共感の訓練が免疫をはじめとする健康への影響などの研究に携わっている。起業家、慈善事業家としても幅広く活動。

訳者略歴

関 美和

Miwa Seki

翻訳家。杏林大学准教授。慶應義塾大学卒業。電通、スミス・バーニー勤務の後、ハーバード・ビジネス・スクールでMBA取得。現在バングラデシュにあるアジア女子大学の支援財団理事も務める。『ゼロ・トゥ・ワン』（ピーター・ティール著、NHK出版）、『あなたが世界のためにできる　たったひとつのこと』（ピーター・シンガー、NHK出版）、『なぜハーバード・ビジネス・スクールでは営業を教えないのか？』（フィリップ・デルヴス・ブロートン、プレジデント社）など訳書多数。

スタンフォードの脳外科医が教わった人生の扉を開く最強のマジック

２０１６年11月19日　第１刷発行
２０２４年８月20日　第10刷発行

著者　ジェームズ・ドゥティ
訳者　関　美和
発行者　鈴木勝彦
発行所　株式会社プレジデント社
〒１０２-８６４１　東京都千代田区平河町２-16-１
電話　編集（０３）３２３７-３７３２
　　　販売（０３）３２３７-３７３１

編集　中嶋　愛
装丁　原条令子デザイン室
制作　関　結香　坂本優美子
販売　桂木栄一　高橋　徹　川井田美景　森田　巌　末吉秀樹
印刷・製本　ＴＯＰＰＡＮクロレ株式会社

ISBN978-4-8334-2201-7
Printed in Japan